RAIMUNDO MATOS DE LEÃO
Ilustrações
ROGÉRIO SOUD

Da costa do ouro

Prêmio "Adolfo Aizen", de literatura infantil e juvenil, Categoria Romance Histórico, da UBE–2002

Selecionado para o Salão Capixaba – ES
e pela Secretaria de Educação e Cultura de Vitória – ES

1ª edição
5ª tiragem
2014
Conforme a nova ortografia

Copyright © Raimundo Matos de Leão, 2000

Editor: ROGÉRIO GASTALDO
Assistentes editoriais: ELAINE CRISTINA DEL NERO
                       NAIR HITOMI KAYO
Secretária editorial: ROSILAINE REIS DA SILVA
Suplemento de trabalho: VEIO LIBRI
Coordenação de revisão: PEDRO CUNHA JR. E
                        LILIAN SEMENICHIN
Gerência de arte: NAIR DE MEDEIROS BARBOSA
Supervisão de arte e diagramação: VAGNER CASTRO
                                  DOS SANTOS
Finalização de capa: ANTONIO ROBERTO BRESSAN
Impressão e acabamento: GRÁFICA PAYM

Dados Internacionais de Catalogação na Publicação (CIP)
(Câmara Brasileira do Livro, SP, Brasil)

Leão, Raimundo Matos de
  Da costa do ouro / Raimundo Matos de Leão ;
ilustrações Rogério Soud. — São Paulo : Saraiva, 2001. —
(Jabuti)

  ISBN 978-85-02-03326-9
  ISBN 978-85-02-03327-6 (professor)

  1. Literatura infantojuvenil I. Soud, Rogério.
II. Título

    00-5120   CDD-028.5

Índices para catálogo sistemático:

1. Literatura infantojuvenil 028.5
2. Literatura juvenil 028.5

Editora Saraiva

Rua Henrique Schaumann, 270 — Pinheiros
CEP 05413-010 — São Paulo — SP

SAC | 0800-0117875
    | De 2ª a 6ª, das 8h30 às 19h30
    | www.editorasaraiva.com.br/contato

Todos os direitos reservados à Editora Saraiva

201626.001.005

Para todas as pessoas que buscam compreender e respeitar as diferenças fazendo o mundo avançar para melhor.

A Giancarlo Salvagni, que me incentivou a escrever este livro. Agradeço ao precioso auxílio de Marina da Silva Santos.

O vento fustigou a janela, que bateu forte, assustando Mariana. O temporal desabou sobre a mata. O clarão do relâmpago iluminou o quartinho e ela estremeceu. Antes que a chuva molhasse tudo, fechou a janela. O barulho do coqueiral em frente ao casebre, o trovejar e a chuva grossa sobre o telhado tiraram o sossego da jovem. Saiu do pequeno quarto querendo a companhia da mãe.

Assim que a tempestade começou, Maria Eugênia deixou de lado a costura. Cuidadosa, dobrou a roupa branca que usava no ritual. Sem desviar os olhos do seu trabalho, percebeu a entrada da filha. Mariana, parada na porta, balançou a cabeça em sinal de desaprovação. Calmamente, Maria Eugênia enrolou a roupa num pano de algodão cru e, virando-se para a garota, viu o riso zombeteiro no seu rosto.

— É melhor você se acostumar. Faz tanto tempo que estamos cuidando dessas coisas e você não quer entender. De um tempo pra cá anda resistindo... Isso vai atrasar a sua vida.

— Ih, mãe, não começa! — A garota deu de ombros, enquanto Maria Eugênia saía para guardar a roupa. Ao retornar deu com a filha no mesmo lugar. Aproximando-se dela, passou a mão pela cintura da garota.

— Um dia você vai compreender tudo isso e vai me dar razão. Por enquanto, só quero respeito. — De repente, encarando Mariana, perguntou: — Fortunato anda botando coisas na tua cabeça?

— O Fortunato não tem nada a ver com isso! São as minhas ideias, mãe!

— Sei não! Fortunato professa outra fé e está metido com negro revoltoso.

— Fala baixo, mãe.

Maria Eugênia fez um muxoxo. Com o ribombar dos trovões, quem é que ouviria aquela conversa...

— Com tanto moço por aí, você foi se interessar por um malê[1]! Se mamãe souber disso, vai tirar o seu couro. Fique atenta e não crie mais confusão pra nós. Em vez de se deixar levar por conversa fiada, você devia se interessar pelas coisas da sua gente.

Maria Eugênia fez uma pausa, esperando que a filha dissesse algo. Diante do silêncio, mudou de assunto.

— Vem me ajudar a acender o fogo.

Sem dizer nada, Mariana se juntou à mãe no canto escuro de tanta fuligem. Em silêncio colocaram lenha na trempe, onde poucas brasas resistiam à umidade. A chuva diminuía, levando para longe o ronco dos trovões. Ajudada pela filha, Maria Eugênia assoprou o braseiro, fazendo tremular a chama entre os paus de lenha. Mariana ficou junto ao fogo, até sentir seu calor. Inquieta, abriu a porta que dava para o alpendre coberto de palha.

As talhas transbordavam. O quintal encharcado esperava que os bichos saíssem dos abrigos. As plantas rasteiras, pesadas de água, dobravam-se ao longo das poças. Como ainda chuviscava, Mariana ficou parada vendo o céu clarear. O sol do meio da tarde tentava furar as nuvens, o cacarejar das galinhas e o latido dos cachorros eram um sinal de que a chuva findava.

Mariana puxou um tamborete e sentou, apreciando a natureza se refazendo da chuva de verão. De onde estava, podia ver a mãe na labuta da cozinha. Não sabia como ela conseguia conciliar as tarefas da casa com as obrigações diárias. Negra liberta, Maria Eugênia sustentava as duas mercando comida pelas ladeiras da cidade e lavando roupa para fora. Além de tudo isso, ainda tinha tempo para se dedicar ao culto dos deuses ancestrais. A garota estremeceu de medo. Todas as vezes que pensava nas atividades da mãe e da avó, ficava apreensiva. Sabia dos perigos que cor-

---

1. Assim eram chamados os negros muçulmanos na Bahia, numa referência remota a Mali, império da Costa Ouro, região da África. Os malês professavam o islamismo. Alá era seu Deus e Maomé, seu profeta maior.

riam, já que o culto era perseguido pelas autoridades, que não viam com bons olhos aquelas reuniões de batuques e cantorias numa língua estranha. Além disso, tinha medo da religião em si. As batidas do pilão desviaram os pensamentos e Mariana suspirou com saudade de Fortunato. Apesar das discordâncias da família, fazia tempo que se encontravam. Mariana procurava de todas as maneiras um jeito de fazer com que a mãe e principalmente a avó aceitassem o seu amor por Fortunato. Mas nada, a cada dia que passava, a contrariedade aumentava. O pior de tudo é que ela não aceitava os argumentos para afastá-los. Fazia de tudo para entender...

— Somos todos negros...

— Falando sozinha?

— Pensei alto, mãe. Bem que você podia me ajudar a convencer a vovó... Fortunato é um bom moço. Deu o maior duro pra conseguir se alforriar e hoje trabalha num armazém de secos e molhados.

— Pra sua avó, o que importa não é a bondade dele. Tem outras coisas em jogo, minha filha. Ele é malê muçulmano... — Não pôde continuar, pois a filha a interrompeu, alterando a voz.

— E a vó faz parte da Irmandade da Boa Morte[2]! Como é que ela explica isso, servir aos orixás e ir na igreja da Barroquinha rezar pra Nossa Senhora?

— Vige, menina! Você anda com o juízo atrapalhado mesmo. É melhor não perguntar essas coisas. Ela tem lá as razões dela e o coração profundo...

— E eu tenho a língua grande!

Maria Eugênia levantou a mão para bater na filha, mas ela se esquivou, indo se abrigar debaixo da mangueira que ainda respingava água da chuva. Mariana sabia do seu atrevimento. Fora

---

2. Associação de caráter religioso ligada à Igreja Católica, com sede na Igreja da Barroquinha, à qual pertenciam as mulheres negras. A maioria dessas mulheres africanas era praticante do candomblé. As fundadoras da primeira casa de candomblé eram irmãs da Boa Morte.

longe demais. "Se a mãe não gostou da provocação, imagina vó Feliciana!" Foi o que pensou enquanto procurava mangas maduras por entre as folhas.

Na beira do fogão, Maria Eugênia temia pela filha. A menina andava rebelde demais. Estava precisando se ocupar, deixar de encontrar com o malê. Essa ligação poderia trazer complicações não só para ela, mas para toda a família. Fortunato não a enganava. Por mais que se mostrasse ajuizado e muito chegado da casa, não renegaria a sua fé. De vez em quando deixava escapar ideias de rebelião, de guerra santa.

Recostada na forquilha formada pelos galhos da mangueira, Mariana saboreava a fruta. O sumo amarelo e grosso escorria pelos lábios carnudos, contrastando com a pele morena escura. O gosto da fruta trouxe lembranças dos beijos de Fortunato. Ajeitando a comprida saia entre as pernas, a garota recostou-se mais e mais, saudosa dos braços fortes que lhe erguiam no ar. Fechou os olhos, mas, diante da penumbra que se fez, viu a figura altaneira de sua avó. Por mais que tentasse se livrar das teias criadas pela família, ela estava ligada às tradições. Não sabia qual o papel que teria de exercer junto ao grupo que se formava em torno da avó Feliciana.

"Será que o destino me reserva uma surpresa? Diante das certezas e incertezas da vida, terei de assumir obrigações junto à casa fundada por vovó e suas companheiras?"

Dividida entre as tradições da família e os apelos exteriores, a garota sentia-se confusa. Quando não dava conta das dúvidas e das pressões, revoltava-se. Às vezes, sentia-se culpada ao ver a avó se desdobrando para manter vivo o culto dos orixás, cuidando do axé com responsabilidade e desvelo.

Divertia-se olhando as galinhas que ciscavam embaixo da mangueira, disputando as cascas, quando ouviu o chamado da mãe. A garota pulou da árvore e seguiu na direção do casebre.

Sentiu o cheiro do azeite de dendê assim que cruzou a soleira da porta. Em cima de um banco, uma trouxa de roupa esperava por ela. Maria Eugênia fez as recomendações de sempre:

— Não quero nenhuma roupa mal passada. Tenho pressa em entregar os engomados, mas quero um trabalho bem-feito.

A garota preparou-se para enfrentar os lençóis, guarnições e toalhas de linho, roupa fina da sinhazinha que morava num palacete na Vitória e falava enrolado.

— Como é que a senhora consegue dar conta de tudo? — Mariana se espantava com a agilidade da mãe, já que não dava conta da moleza que vivia sentindo. Uma moleza cheia de calores e arrepios. Diante da pergunta, Maria Eugênia deu de ombros, mas respondeu:

— Dando, ora! E tem outro jeito? É preciso viver e a gente tem obrigações. Vou levando com a força que vem de dentro. Essa força que não seca e faz a gente sobreviver aos trabalhos forçados, à violência, à miséria e à saudade do tempo em que se vivia livre nas aldeias da África. É a vida da gente, filha. Quando damos conta, estamos vivendo e procurando caminhar em linha reta. Na sua idade, menina, eu sofri muito. Trabalhei de sol a sol. Até seu avô conseguir comprar a liberdade dele, da sua avó e dos filhos, muita água rolou por esses rios do mundo. Tanto sacrifício, mas ele morreu contente. — Maria Eugênia ralou o gengibre e jogou na panela. — Quando eu vejo você agoniada, querendo romper com tudo, dou de pensar na minha vida. Eu também tinha as minhas dúvidas, as minhas revoltas, mas nunca deixei de respeitar os trabalhos de mãe e daqueles que antecederam a ela. Uma porção de gente anda por aí. Gente velha, sem paradeiro, mas cheia de uma sabedoria tão antiga quanto os princípios do mundo. Ninguém me impôs nada, filha... é uma forma de a gente resistir. Eu procurei seguir a força que veio de dentro, e, mesmo que eu não quisesse, ela se fez maior...

Maria Eugênia fez uma longa pausa. Era como se tivesse esquecido um pedaço dos acontecimentos. No silêncio, concluiu que isso não era verdade. Guardava com ela as emoções sentidas.

A mulher resolveu se calar para não influenciar a filha. "Cada um tem a sua hora e o seu chamado. O encontro com o oculto é cheio de surpresa e os caminhos não são os mesmos." Foi o que pensou, enquanto tirava a panela do fogo. Mariana permaneceu calada, esperando que a mãe continuasse, mas, como ela não se decidia, também não insistiu. Prestou atenção no que fazia para não queimar a toalha de linho.

Maria Eugênia se deu conta de que o sol sumia para os lados da ilha de Itaparica, avermelhando o poente. O casebre se enchia de penumbra. Era preciso acender o candeeiro.

Feliciana da Conceição respirou fundo, ainda tinha muita coisa para contar. Ao lado da avó, Mariana estava inquieta. Mas de nada adiantou sua impaciência. A senhora sabia dar tempo ao tempo.

— A pressa é minha, filha! Você é jovem, tem muitos anos pela frente e pode esperar as respostas com paciência! Sem paciência, como é que você vai guardar tudo que eu vou contar? — Feliciana olhou fundo nos olhos da neta. A garota não sustentou por muito tempo o olhar, ao mesmo tempo doce e questionador. Era como se ela estivesse certificando-se de alguma coisa que Mariana não compreendia.

"Será que a vó desconfia da minha paixão por Fortunato?"

Naquele momento, as preocupações da senhora eram outras. Seus pensamentos estavam voltados para outras esferas. Preocupava-se com os destinos da casa que fundara, seu fortalecimento e ampliação. Um dia, teria de ser substituída e, mesmo

que deixasse a resposta ao encargo dos búzios, teria que tomar algumas atitudes ao longo da vida. Era seu encargo preparar candidatas ao posto de sucessora espiritual. Feliciana se voltou para Mariana, que aguardava suas palavras.

— Não adianta lutar contra. Quanto mais você luta, mais o orixá se faz presente. Isso vem de longe, minha filha. E, tanto aqui nestas paragens quanto na região iorubá, de onde viemos, a força se manifesta quando menos se espera. Eu era muito pequena quando cheguei aqui na Bahia. O que me deu forças pra suportar a separação da minha família foi o aprendizado na minha aldeia. — Feliciana parou de falar. Seus olhos perderam-se janela afora, fazendo-a desligar-se da sala para se ligar aos fatos do passado. Com clareza, revia cada passagem na grande tela da memória.

O barulho do mar batendo nos cascos do navio. O grito dos marinheiros. O gemido dos doentes misturando-se ao choro, aos gritos. Barulho dos ferros, berros enlouquecidos... raiva, dor, fazendo eco para o seu desentendimento de criança. No porão, amontoados como animais, tentavam compreender aquela situação. Nos olhos parados, a saudade da terra distante e da liberdade perdida. Infortúnio. Execração.

As imagens continuavam bem vivas na mente de Mãe Feliciana e ela retomou a narração, tentando ser fiel aos fatos, sem deixar que a emoção encobrisse os detalhes. Procurando resgatar cada passo, sabia que muita coisa se perdera, e que a memória por vezes lhe pregava uma peça.

Uma coisa ela não conseguira esquecer. E, sempre que necessário, contava com pormenores a chegada ao porto de Salvador.

— A fome e o sofrimento eram tantos que a gente nem se dava conta. Eu me agarrei aos trapos que minha mãe trazia enrolados no corpo. Ela fez um esforço enorme pra me segurar. Ficamos no meio do mercado e os gritos não paravam. Em volta da gente muitos homens circulavam, até que um deles apontou pro pai e pro meu irmão, que foram separados e levados pra longe de nós.

Feliciana pigarreou, mas logo retomou o fio da meada e Mariana ouviu com detalhes a narrativa. A avó lembrava-se de tudo.

— Ao ver meu pai se afastar, senti um aperto no coração. Ah, minha filha, como doeu aqui dentro! Dor maior do que aquela que eu senti quando fui jogada no porão do navio. Eu era uma criança muito pequena, mas não consigo esquecer, Mariana. Até hoje, ainda soa nos meus ouvidos a voz da minha mãe pedindo pra que eu ficasse do lado dela. A voz da mãe se misturou aos gritos do mercador negociando o preço de nós duas. Mamãe agarrou a minha mão e ficamos ali, esperando. Minha filha, você não imagina o que passamos daí pra frente.

Mariana sentiu emoção nas palavras da avó. E diante dela teve a certeza de que sua determinação na condução dos destinos da família nascera naqueles momentos de incerteza. "Aquela criança, perdida numa terra estranha, tratada de forma estúpida e desumana, tinha se tornado esta mulher generosa, cheia de segredos e consciente do seu poder!", concluiu a neta.

Feliciana sabia que Mariana precisava ouvir cada detalhe dos acontecimentos. Talvez assim pudesse encontrar respostas para as inquietações que sentia. E, se um dia tivesse de assumir responsabilidades inimagináveis para a sua adolescência, poderia encontrar na sua experiência a fortaleza e a segurança para levar adiante a história dos antepassados.

Uma mulher entrou na sala e avisou:

— O milho branco está cozido. — Feliciana da Conceição beijou a testa da neta e seguiu para o interior da casa. Tinha obrigações a fazer.

Sozinha, Mariana contemplou a paisagem. Por entre as árvores viu uma nesga do mar ao longe. Imaginou a África do outro lado, distante. Deu uma vontade de estar na praia e caminhar pela areia molhada na companhia de Fortunato. Há dias que ele não aparecia e a saudade era grande. Da última vez que viera estava inquieto e tenso. Ela tentara de todos os modos fazer com que ele se abrisse, mas o rapaz manteve-se obstinadamente calado. Não deixou escapar nada que pudesse alimentar a sua curiosidade e aplacar os seus temores. Olhando o sol, calculou quanto tempo tinha para o encontro prometido por ele. Estava na hora de pegar o caminho de casa. Foi atrás da avó para se despedir.

Não era noite nem dia quando chegou. O casebre estava vazio. Não demoraria e a mãe estaria de volta com seu tabuleiro. Foi acender o fogo, enquanto o resto da claridade entrava pela janela.

A natureza começava a se recolher quando ouviu o assobio conhecido. Largou o que fazia e correu para o local onde o amado a esperava.

Fortunato enlaçou-a com força e ela se sentiu confortável entre os seus braços. Olhos nos olhos, não precisaram dizer muito. Ouviam as respirações se acalmando num movimento regular, tornando-se uma só. Mas, antes que ele abrisse a boca, Mariana pediu uma explicação.

— Ô neguinho, você anda sumido! Quando vem, chega atrasado. Eu sinto a tua falta.

— Lá vem você de novo! Já disse que estou ocupado no armazém.

— Não me enrola, Fortunato. Você anda metido em confusão na cidade! Olha a tua vida! Pros brancos, ela não tem muito valor, não!

— Fala baixo, criatura!

— Você esteve na cadeia visitando o homem? — Diante do silêncio de Fortunato, Mariana cutucou seu braço, mas ele continuou na mesma. Ela se afastou, fazendo cara de zanga. Sentou num tronco caído e esperou que ele resolvesse se abrir. Fortunato manteve-se firme. Não queria pôr em risco os planos dos companheiros. Confiava na garota, mas temia por sua vida também.

— Vamos deixar essa conversa de lado. É melhor você ficar sem saber nada. Caso alguma coisa saia errada, Mariana, a polícia vem atrás de você pra saber do meu paradeiro. Eles podem torturar você.

Fortunato se achegou e, fazendo cafuné, esperou que Mariana compreendesse. Ela continuou de cara fechada e disse entre dentes:

— Quero ver quando você precisar de ajuda!

— A ajuda vem de Deus, clemente e misericordioso, que, através do seu profeta Maomé, nos protege!

— Quem é que vai te esconder, quando os senhores saírem por aí caçando negro revoltoso?

— Oxente, vira esta boca pra longe! Tua avó é que não vai me dar guarida.

— Nunca se sabe, Fortunato! — Mariana olhou o rapaz de frente, mas ele não conseguiu ler nos seus olhos o que ela realmente pensava. Ficou matutando se era pelo fato de a noite esconder as verdades que ela dizia através dos olhos, ou se era ele que não conseguia entender o que se passava na alma daquela negra bonita. Negra que lhe tirava o sossego, desviando a atenção dos seus propósitos.

Ficaram em silêncio, ouvindo os grilos e os sapos.

Mariana recostou a cabeça no peito de Fortunato. Sentiu seu coração bater forte e compassado. O dela tamborilava doidamente, prevendo a luta que teria de enfrentar para realizar o sonho de um dia viver com Fortunato. As resistências eram grandes e a garota intuía: "Vó Feliciana tem planos pra mim e não vai querer que eu me case com Fortunato, antes de ver realizados os seus desejos. Pra isso, conta com a vontade de minha mãe. Se Fortunato deixasse de lado a sua fé e viesse se juntar à gente... Mas como é que eu posso pedir isso, se eu mesma vacilo na minha crença?". Mariana pressionou a cabeça sobre o peito do rapaz, querendo afastar aqueles pensamentos de sua mente.

Enquanto acarinhava o rosto de Mariana, Fortunato pensava nas palavras do alufá Licutan. O sacerdote do culto muçulmano costumava exortar a todos para se manterem fiéis aos ensinamentos do

Corão, o livro sagrado. Antes de se pôr a caminho para ver Mariana, fora até a cadeia tomar a bênção daquele homem pelo qual tinha o maior respeito. Às vezes, não aceitava seus conselhos, pedindo paciência aos que se queixavam dos sofrimentos, pedindo resignação.

Fortunato pegou a cabeça dela com uma das mãos e com a outra percorreu cada detalhe do rosto como se quisesse imprimi-lo na sua palma. Mariana estremeceu de prazer. Depois, unindo os lábios nos dele, despediu-se sem muito querer. O beijo se prolongou até ouvirem a voz de Maria Eugênia chamando pela filha.

Dias depois, Fortunato reuniu-se numa casa para os lados da Rua da Oração. Era noitinha quando os companheiros foram chegando saudando em árabe os que ali estavam. O lume deixava na sombra a maioria dos homens. Falavam baixo, temerosos de que as conversas fossem ouvidas por pessoas de fora da casa. Bastava uma palavra para que todos fossem presos. Tinha sido sempre assim. A maioria ainda se recordava das revoltas fracassadas.

Fortunato se aproximou com cuidado e sentou perto do mestre. O velho Sanim gostava de lembrar aqueles fatos, chamando a atenção de todos para a segurança que deviam manter.

— Tomem cuidado, meus filhos. As autoridades têm olhos e ouvidos por toda a parte. Pra nossa desgraça, tem gente da nossa raça que termina dando nos dentes, botando tudo a perder. Quando os haussás[3] preparavam um dos seus levantes, foram delatados por um escravo. Os negros insurgidos terminaram presos e executados. Pra conseguir levar os planos adiante é preciso muita cautela.

---
3. Grupo étnico.

— Nem por isso vamos deixar de libertar o alufá Licutan!

— Não estou pedindo que vocês parem com os planos. Chamo a atenção pros cuidados! — Sanim coçou a barba cerrada. Seu gesto revelava preocupação. Sabia das histórias de denúncia e traição. Temendo que ocorressem novamente, voltou a insistir no assunto.

Fortunato concordava com o homem. Embora jovem e destemido, torcia para que a revolta não fracassasse. Os planos estavam definidos, entretanto, tentariam mais uma vez comprar a liberdade do alufá Licutan. Mesmo sabendo que o alufá não via com bons olhos uma revolta, muito menos para tirá-lo da cadeia, os malês traçavam as estratégias com entusiasmo.

As discussões calorosas eram feitas a meia voz. Os mais velhos ponderavam, procurando colocar água na fervura. Não queriam ver os moços pendurados na forca erguida no Largo da Piedade, caso a revolta fosse abortada. Diante das resistências de alguns, coube ao mestre pedir calma. O mercado estipulava quantias pela alforria dos negros. No entanto, eram constantes as recusas dos senhores em libertar seus escravos. Era esse o assunto de maior animosidade. Diante dos relatos que ouviu, Fortunato pediu a palavra:

— Se o alufá Licutan foi posto na cadeia como penhora feita aos frades carmelitas, não entendo... Por que o Dr. Veiga se nega a negociar sua venda conosco?

A pergunta do jovem ficou pairando no ar pesado da sala, até que Vitório esbravejou raivosamente o seu descontentamento.

— O mestre não sofreu nenhuma acusação! Nós temos o dinheiro e podemos juntar mais.

Os que estavam mais perto procuraram acalmá-lo, mas ele insistia:

— O mestre Licutan cuida apenas de ensinar as letras e as rezas malês. É um homem de paz, temente, respeitador dos sagrados preceitos do Corão!

Todos concordavam com ele e sabiam que o carisma do alufá aglutinava os sentimentos de revolta dos negros malês que desejavam não só a rebelião escrava, mas também o estabelecimento de uma nação islâmica nos trópicos.

Aproveitando a deixa, o mestre Sanim conclamou os presentes para a leitura das suratas[4] do Corão. As tábuas com os escritos foram distribuídas entre aqueles que sabiam ler a escrita árabe. O homem iniciou a leitura. Pausadamente, traduzia na voz a força das palavras. Assim que terminaram os ensinamentos, foi servido inhame, mel e outras iguarias.

Enquanto isso, nas cercanias da cidade, Feliciana da Conceição andava pela casa sem conseguir conciliar o sono. Tendo recebido a mensagem de Oxalá no culto que realizara, pensava na melhor maneira de pôr em prática o que fora revelado. A luz da lua cheia entrava pelas frestas do telhado e da janela. O silêncio nos outros casebres era profundo. Só se ouvia o barulho das árvores embaladas pelo vento. Os passos da mãe de santo no chão de terra batida seguiam os ritmos da natureza. As palavras que ouvira do orixá manifestado na iaô[5] ainda soavam nos seus ouvidos.

Mariana não saía dos pensamentos da avó. Através da menina chegaria onde precisava. Mesmo sendo contrária aos encontros da neta com Fortunato, faria dela a sua mensageira. Assim que o sol se levantasse, mandaria um recado para Maria Eugênia.

"Não posso perder tempo. Graves acontecimentos estão pra acontecer e muito sangue correrá. Mesmo que eu não possa deter o desenrolar dos fatos, preciso cumprir o que foi indicado. Eu tenho que tomar a iniciativa."

Feliciana sabia que tinha de trilhar o caminho até aquele homem de nome Pacífico, mais conhecido entre os malês como

---
4. Versos sagrados do Corão.
5. Filhadesanto iniciada no culto dos orixás.

Licutan. Antes de ir para a rede tentar dormir, tirou da talha uma cuia d'água para beber.

Fortunato e Vitório esgueiraram-se pelo beco rumo a suas casas. A cidade adormecida banhava-se de lua. A noite tornava-se mágica com o silêncio entrecortado pela maré. O rapaz desejou ficar acordado, mas sabia que o dia estava para nascer e o trabalho no armazém do porto o esperava. Precisava descansar antes de pegar no batente. Além disso, não podia se atrapalhar com o horário, tendo em vista o cumprimento da tarefa que o grupo lhe delegara.

Despediu-se de Vitório, pedindo-lhe prudência, e apressou o passo na direção do quartinho que alugara na casa de um conhecido. Enquanto rememorava a mensagem que daria ao saveirista para ser enviada aos negros da cidade de Santo Amaro, repassava as contas do rosário malê que trazia no bolso.

Fortunato sabia que rolaria no catre por um bom tempo até pegar no sono. Estava excitado com o andamento dos preparativos para a revolta. O sangue fervia nas veias. A fé era grande e os propósitos, maiores ainda. Seu único receio era Mariana. A menina, com seus dengues e carinhos, intrometia-se onde não era chamada. Ele vacilava ao pensar nela, mas logo procurava um jeito de conciliar fé, amor e luta.

"Um dia viveremos felizes, tomando conta dos nossos destinos. A terra será da gente que trabalha. Terra encharcada com o sangue de tantos irmãos... Pena que nem todos estejam do nosso lado! Somos tantos e não conseguimos nos juntar em torno da mesma luta! Mas nós vamos até o fim e um dia seremos todos convertidos pela guerra santa! Mariana, ela se apossou de mim e me embriaga. Entre o coração e a razão eu tenho medo de me perder."

O rapaz entrou no casarão no mesmo instante em que a milícia da ronda noturna subia a ladeira, rumo ao Largo do Teatro.

Maria Eugênia estranhou quando o moleque apareceu entre as bananeiras. O sol acabara de nascer e o menino trazia no rosto restos de sono. O estranhamento aumentou mais ainda, quando ouviu o teor do recado.

— Mãe Feliciana pediu pra Mariana procurar Fortunato. Ela quer ter uma palavrinha com ele. É coisa urgente, dona!

Diante da ênfase do mensageiro a mulher não teve dúvidas. Era urgentíssimo tomar as providências. Maria Eugênia encheu uma tigela de mingau e deu para o menino, que arregalou os olhos de prazer. Em seguida, foi acordar a filha; precisavam se pôr a caminho. Como tinha que entregar a roupa engomada, Mariana levaria o tabuleiro de quitutes até a Vitória.

A garota revirou-se no catre sem querer se levantar. Ao ouvir o nome de Fortunato, deixou de lado a moleza. Apreensiva, queria saber os motivos do recado.

— Não sei de mais nada. Cuide de se arrumar, que o caminho é longo.

Antes que a mãe saísse do quarto, Mariana já estava se vestindo com a melhor saia que tinha. Enrolada num pano foi fazer o asseio matinal. Enquanto Maria Eugênia pedia pressa, ela encheu a gamela de água. Esfregou a bucha umedecida de água fria, arrepiando-se ao lavar os seios e as axilas. Rosto banhado, colocou a bata cheirando a capim-cidreira. Ajeitou o torso com esmero. Maria Eugênia entregou-lhe a tigela com mingau.

— Você tá é bonita, Mariana! Cuidado com o olho gordo!

— Deixa de conversa fiada, moleque, e pega o caminho de casa que Mãe Feliciana não gosta de ficar esperando. Diz a ela que estamos indo pra cidade agorinha mesmo.

O menino desembestou porta afora, sumindo no meio do mato, feito encantado. Assim que ele se foi, Maria Eugênia fechou a porta dos fundos, pegou a trouxa de roupa e voltou a apressar a filha. Mariana, diante de um pequeno espelho, colocava os brincos de ouro, presente da sua avó. Não estava com pressa. Queria estar bem bonita para se encontrar com Fortunato.

A garota gostava de ir para a cidade. Deixar a roça era como se fosse um dia de festa. A caminhada se tornava prazerosa, cruzando com muitas pessoas que levavam coisas para vender nas praças, ladeiras e becos. Enxugando o rosto com o pano que trazia no ombro, a filha ia lentamente atrás da mãe. Maria Eugênia, sabedora de "quanto mais cedo, melhor era para vender quitutes", não diminuía o passo. Embora cortasse caminho pelas picadas abertas no mato, até a Vitória ainda faltava um bom pedaço.

— Ô mãe, vai mais devagar. O dia tá é bonito! Apressada do jeito que a senhora está, eu não posso aproveitar o passeio.

— Deixe de conversa fiada. Isso aqui não é nenhuma vadiação, não! É trabalho! Você pensa que vida de negra alforriada é moleza? Só eu sei quanto custa manter você e a mim no gozo da liberdade. Dê de si e apresse o passo.

Cruzaram os portões do palacete e foram recebidas pelas criadas de dentro. Mariana não quis ficar na companhia das mulheres. Deixou a cozinha e foi para o jardim. Os canteiros terminavam numa ribanceira, de onde se podia ver a Baía de Todos os Santos. A África voltou ao seu pensar. Sentiu-se atraída por aquele lugar tão longe que parecia não existir... A Costa do Ouro! Desde pequena ouvia narrativas sobre as aldeias e reinos africanos e, nos seus folguedos, via-se princesa nas terras dos antepassados.

Parada junto à imensa figueira, assustou-se ao ser surpreendida por um garoto que aparentava ter a sua idade. Os olhos azuis, a pele clara como leite, os cabelos brilhando ao sol de tão dourados chamaram a atenção de Mariana. Teve vontade de sair correndo, mas antes disso fez uma reverência, sem deixar de olhar o rapazinho que parecia enfeitiçado. Diante do gesto da garota, ele corou.

— O sinhozinho dá licença? — Ia se retirando quando ele pediu que esperasse e sem mais foi falando:

— Meu nome é Richard. Você vai trabalhar aqui? — Mariana não conseguia abrir a boca. Não estava acostumada a falar com os senhores. Desconcertada, olhava para o interlocutor sem saber que atitude tomar. Maria Eugênia apareceu para lhe tirar do aperto.

— É minha filha, sinhozinho. Dê bom-dia pro moço e vamos andando.

O garoto não tirou os olhos de Mariana até que ela e sua mãe deram a volta no casarão em direção à rua. A menina sentia a presença daquele olhar, mas não conseguia atinar o que ia pela cabeça do garoto.

— Mãe, ele fala enrolado!

— Ele é estrangeiro. Inglês.

— O que é isso, mãe?

— Deixa de ser perguntadeira e vamos embora, que até o Terreiro ainda tem muito chão.

Maria Eugênia iniciou seu pregão, oferecendo a mercadoria que trazia no tabuleiro coberto com um pano branco de doer a vista. Mariana, tão entretida estava com o movimento, não viu que o rapazola de cabelos cor de ouro estava parado no portão. Inconformado por não ter perguntado o que queria, Richard bateu na testa soltando uma imprecação contra si próprio. Perdera a oportunidade de sondar sobre as conversas que ouvira das criadas da casa. Tinha insistido com elas, mas se negavam a contar sobre festas que varavam a noite, cerimônias de iniciação com matança de animais acompanhadas de cantigas e danças. Com sorriso zombeteiro riam de suas perguntas, dizendo que aquilo tudo eram coisas de feiticeiras. Ele duvidava.

Quanto mais elas negavam, mais Richard sentia-se atraído por aqueles mistérios contados em voz baixa pelas mulheres. Sem saber como chegar até eles, prometia-se: — Um dia eu ainda saberei de tudo.

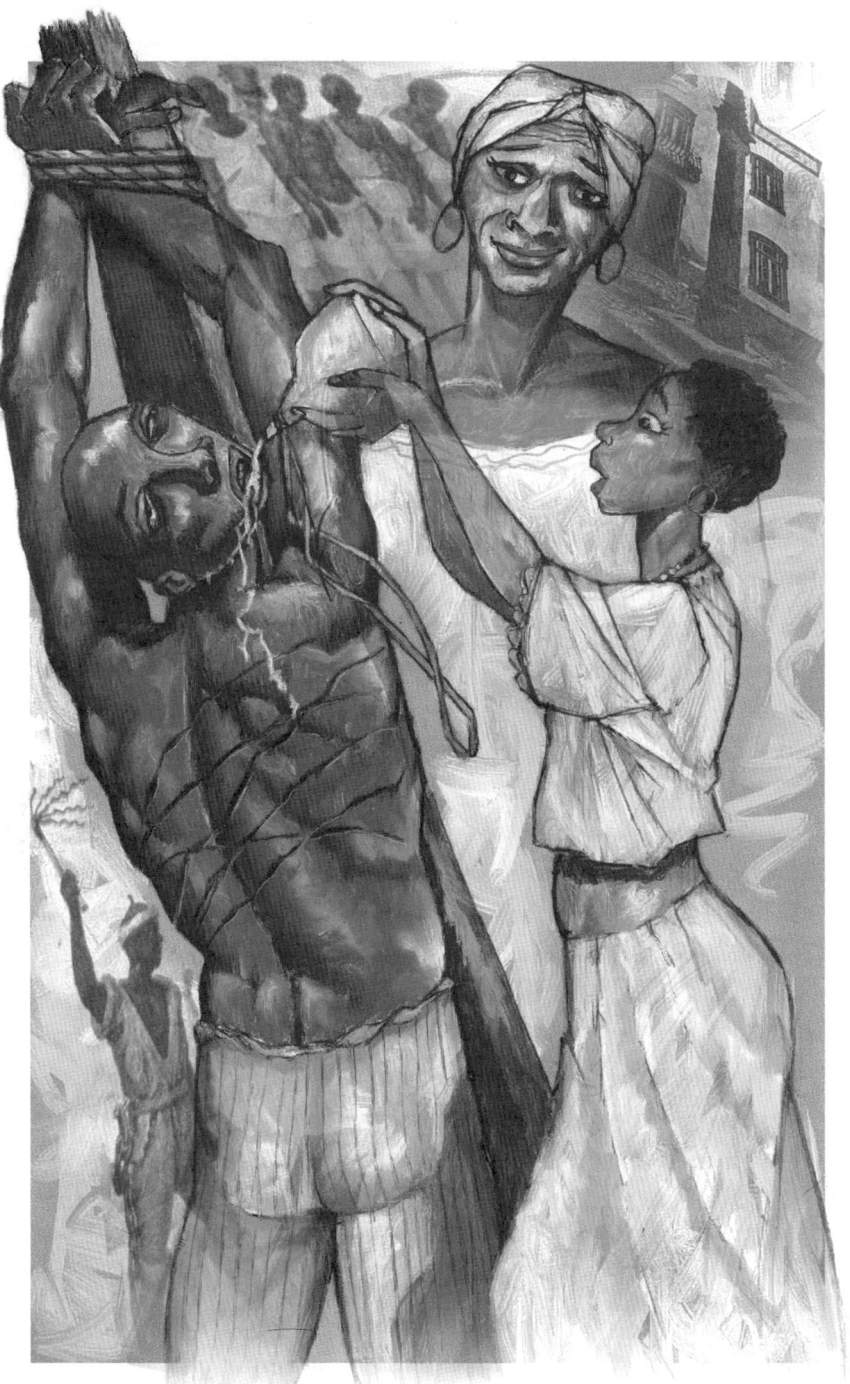

Da família, Richard era o único que se sentia bem na cidade calorenta, de cheiros diversos a se misturar com a podridão dos monturos. Cidade de tantas igrejas, abarrotadas de enfeites, de imagens e ouros, evidenciando mais e mais a austeridade do culto protestante que a família fazia.

Embora adolescente, ele se sentia aberto para o mundo. Queria porque queria ver de perto os acontecimentos, as manifestações, os costumes e hábitos daquela terra tão diferente da sua. Desde que a família viera para a Bahia ele se sentia inquieto, trazendo preocupações para os pais. O seu português confuso dificultava a camaradagem que ele procurava longe da tranquilidade do lar e do restrito grupo de amigos. A curiosidade era grande e ele se deixava levar por ela.

Quando Mariana e Maria Eugênia saíram do foco dos seus olhos, Richard retornou ao interior do casarão, pensando numa forma de chegar mais perto das duas.

— Consigo isso ou não me chamo Richard!

No centro da cidade, as duas mulheres passaram por um escravo que cumpria pena atado a uma argola que pendia de um marco de pedra. Costas sangrando pela surra que tomara, o homem gemia baixo. Por ordens expressas do seu senhor, estava ali como exemplo. Sem pensar duas vezes, Mariana pegou a quartinha que levava com água e deu de beber ao supliciado. Maria Eugênia tentou deter a filha, mas, num impulso solidário, ela fora mais rápida que os temores da mãe. Diante da atitude da garota, alguns passantes gesticularam desaprovando o atrevimento da negra. Silenciosamente, Maria Eugênia orgulhou-se da filha.

Recuperadas da emoção, mãe e filha retomaram a andança pela cidade. Maria Eugênia mercava e vendia. Mariana, sem deixar de pensar no homem açoitado, ia atrás, doida para encontrar-se com Fortunato e desabafar o que sentia. Na boca do estômago formou-se um bolo, apertando a sua respiração, mas ela se fez firme para não chorar. "De que adianta derramar lágrimas, meu Deus! Chorar, se aliviar e depois se conformar!..."

Desceram a Ladeira da Montanha àquela hora sob intenso movimento. Rumaram para a zona portuária, com seus casarões de azulejos brilhando ao sol. Em frente da Igreja da Conceição, Mariana sentiu um arrepio. Acometida de tontura, parou um instante para tomar fôlego.

— Mãe, mãe, espera! — Antes que caísse no meio da rua, ela sentou nos degraus de mármore da escadaria da igreja e respirou fundo. Mariana não conseguia atinar em nada. A cabeça embaralhava-se. Uma forte pressão na nuca fazia a vista escurecer. Maria Eugênia correu em socorro da filha. Enquanto lhe dava de beber, teve um pressentimento, mas nada falou. Era coisa para Feliciana da Conceição. Ela, sim, saberia como conduzir aquilo, que para Maria Eugênia era um preságio.

Assim que a filha se reanimou, seguiram em busca do armazém onde Fortunato trabalhava.

Fortunato sabia: "O encontro de dona Feliciana com o alufá Licutan vai causar o maior rebuliço na comunidade dos negros islâmicos. Mas quem sou eu pra impedir a visita? Ela pediu e ele aceitou. Agora é esperar pelas consequências".

Enquanto aguardava por Feliciana, Fortunato via o movimento em torno da cadeia na Ajuda. Logo que recebera o recado, tomara todas as providências. Evitara chamar a atenção dos companheiros mais radicais. Eles tentariam de todas as formas barrar a ida da ialorixá[6] até a prisão. Contudo, não pôde evitar que a

---

6. Mãe de santo responsável pela casa, chefe religiosa.

notícia corresse entre os da sua gente. Muitos torceram o nariz diante da decisão da mãe de santo.

O alufá Licutan continuava recebendo visitas de negros e negras. Desde novembro passado, quando o mestre fora colocado em depósito, as visitas eram constantes. Fortunato lembrava-se da comoção e da afluência de populares em frente à cadeia no dia da prisão do mestre. Os sábios conselhos dados pelo homem reforçavam a fé dos que professavam a religião muçulmana trazida das regiões de Ilorim, no continente africano. Homem culto, o alufá congregava em torno de si aqueles que desejavam romper os grilhões para alcançar a liberdade.

Orgulhoso por descender de uma família que aqui chegara nos fins do século XVIII, Fortunato cultivava o sentimento religioso com a mesma intensidade com que divulgava suas ideias de revolução. Tendo aprendido a ler e a escrever a língua dos seus ancestrais, o rapaz ajudava o mestre na reconstrução dos laços afetivos, dos usos e costumes da pátria além-mar. O seu trabalho era como um agradecimento aos que o ajudaram a comprar a liberdade. Além do mais, Fortunato não se negava a contribuir com algumas patacas destinadas ao caixa para a alforria de outros irmãos.

Feliciana da Conceição apontou na esquina. A imponência da negra chamava a atenção de todos, não só pela sua estatura e porte, mas sobretudo pelas roupas e colares que trazia. Vinha acompanhada de duas mulheres, e uma delas era Mariana. O coração de Fortunato balançou. Precisava se controlar para não se expor nem a ela. Ademais, o momento era de tensão e seriedade. Dada a importância das figuras envolvidas, o encontro era singular e cabia a ele mostrar-se compenetrado.

Ansioso, correu ao encontro das três mulheres na tentativa de apressar a entrada na cadeia. Mãe Feliciana conteve o ímpeto do rapaz, mas não deixou de ver o riso escancarado no rosto da neta. Os jovens amantes davam-se um para o outro através dos sorrisos.

Majestosa, Feliciana da Conceição tomou a frente do grupo. Entrou na cadeia solicitando a visita ao senhor Pacífico. Cumpridas as formalidades necessárias, o carcereiro Antônio Pereira acompanhou a senhora até a cela onde estava o alufá. Fortunato e Mariana ficaram aguardando no pátio sob o olhar nem um pouco severo da mulher que viera no grupo.

Ao ver Feliciana da Conceição, Licutan ficou de pé. Os dois se olharam respeitosamente. Sabedores das divergências que os separavam, não se viam como antagonistas. Humildemente, sabiam da força um do outro. Eram responsáveis por grupos numerosos e distintos pela fé, mas eram sobretudo solidários aos sofrimentos do povo negro da cidade da Bahia[7].

— Que Oxalá o proteja e lhe dê forças!

— Que a bondade de Deus derrame sobre vós a sua luz criadora!

— Bem, senhor Pacífico, já que o assunto que me traz aqui é grave e pede urgência, vamos deixar de lado as formalidades.

— Eu sabia que a senhora era uma mulher despachada, o que não me surpreende. Para realizar o que vem fazendo, tinha que ser uma mulher de fibra!

O alufá indicou o único banco para ela e sentou-se na esteira. Mãe Feliciana agradeceu com um gesto de cabeça e acomodou-se depois de ajeitar a imensa saia. Licutan estava impressionado com a imponência da ialorixá. Com voz pausada, misturando palavras da língua nagô com o português, Feliciana contou em voz baixa a mensagem que recebera e concluiu:

— É preciso preservar a vida antes de qualquer coisa.

— Quanto a isso não há discórdia, mas...

---

7. Pelo fato de estar situada na Baía (Bahia) de Todos os Santos, a cidade vem sendo chamada de Bahia desde a sua fundação. Assim, o nome da cidade confunde-se com o do Estado. Segundo Jorge Amado, desde Tomé de Souza a cidade é conhecida com esse nome.

— Nem todos concordam, senhor Pacífico!

— É verdade. Mas não posso controlar os guerreiros, nem a fúria daqueles que estão oprimidos. Em torno do nosso círculo de estudos e orações, existem aqueles que só acreditam na guerra como solução.

— É uma pena mestra. Mortes inúteis... Nada justifica uma guerra. Acredito que existam outros caminhos pra conseguir o que queremos.

— O que fazer diante de tanto sofrimento, de tanta humilhação? — Licutan fez uma pausa. — Diante das atrocidades que são cometidas contra nós, dona Feliciana, fica difícil argumentar contra a revolta. Os ânimos estão exaltados.

— Uma guerra santa! Os homens e mulheres escravos neste país precisam de outro tipo de guerra, senhor Pacífico. Todo mundo sabe quais são os planos... Não só brancos serão mortos... Ameaçam com o extermínio todos os negros que não professam o islamismo. Essa intolerância revela a nossa fragilidade. — Feliciana fez uma pausa. — O senhor não acha que fazendo vistas grossas para as religiões vindas da África os senhores brancos incentivaram as nossas rivalidades? Eles não acreditavam na nossa conversão. Para eles, aqueles batismos em massa não mudariam nada.

— A senhora está certa, dona Feliciana. Eles foram sagazes. As rivalidades continuam e o mando sobre nós é grande. Usam até os crioulos contra os africanos. Negros contra negros...

— Se deixássemos de lado as diferenças religiosas, talvez encontrássemos um jeito de resolver as coisas... Quanto aos crioulos, senhor Pacífico...

— É um assunto complicado, dona Feliciana. A maioria fica ao lado dos senhores.

— Mas não podemos botar fogo nessa questão. Lá na roça, muitos são crioulos e fiéis aos nascidos em terras africanas.

O diálogo entre os dois jogava luz sobre assuntos polêmicos. A conversa se prolongou por mais algum tempo e de vez em quando eram interrompidos pelos seguidores do alufá que vinham lhe tomar a bênção e reafirmar o desejo de tirá-lo dali à força. A maioria dos visitantes se perguntava sobre a presença da ialorixá naquele local. Feliciana sentia o mal-estar no ambiente e não deixou de comentar:

— Por mais que o senhor pregue a não violência, eles insistem em tirá-lo daqui usando a força.

— Quem pode controlar a natureza humana? Como sacerdote, faço o que posso. Não sei se vai ser sempre assim, dona Feliciana. Quanto aos seus temores, vou conversar com a minha gente. Todo cuidado é pouco... — O bater repentino de asas interrompeu as palavras do homem. Uma pomba branca veio pousar entre as grades da abertura que dava para a rua.

— O senhor da roupa branca manda um aviso! Kosi Obá Kan afi Olorum.

O alufá respeitosamente traduziu:

— Só há um rei que é Deus! — E acrescentou: — Ele é cheio de bondade e misericórdia!

Estavam de comum acordo e por eles não haveria derramamento de sangue. Respeitavam-se e tinham responsabilidades para com a comunidade a que estavam ligados. Os ensinamentos e preceitos eram transmitidos; cabia aos homens fazer as suas escolhas.

— Nosso encontro foi de grande proveito, Mãe Feliciana.

A mulher se deu conta de que ele lhe chamava pelo título que os seus filhos usavam para se referir a ela. Mãe Feliciana fez uma reverência e retirou-se da cela. No corredor cruzou com o velho Sanim, que trazia comida para o prisioneiro. Licutan ouviu o farfalhar da saia que se perdia nos corredores da cadeia. Seus pensamentos atestavam a grandeza daquela alma. Mulher cheia de energia, Feliciana da Conceição impressionara pela firmeza.

Um raio de sol penetrou na cela pela estreita abertura na grossa parede. Licutan prostrou-se em direção a Meca e fez suas orações pedindo paz.

No sábado pela manhã o tempo fechou na casa de Sabina e Vitório. O desentendimento entre o casal tinha por motivo os encontros que ele vinha tendo com uns negros da cidade de Santo Amaro. Sabina não via com bons olhos aquela amizade:

— Homem, eu já te falei, essas reuniões vão te prejudicar. Deixa de ser cabeça-dura e me ouve, pelo menos uma vez na vida!

— Não vem com conversa fiada, Sabina! Chega desta lenga-lenga, tenho mais o que fazer.

— Você tá correndo perigo!

— Me deixa, eu tenho o corpo fechado. Não vê que estou protegido?

Vitório mostrou o amuleto que trazia pendurado no pescoço. Sabina deu de ombros. Sem deixar de resmungar, começou a juntar os cacos das panelas que tinham quebrado no começo da briga. A casa estava na maior desordem. Sabina fazia de tudo para não chorar.

— Deixa de resmungos, mulher, isso só atrasa a vida!

— Atraso de vida é viver com um traste como você!

— Para de gritar, senão eu te meto a mão!

— Vem! — Sabina enfrentou Vitório com a vassoura.

— Não se meta a besta. Eu quebro a vassoura nas tuas costas! — gritou Vitório.

— Pois quero é ver! — A mulher se plantou no meio do cubículo. Estava furiosa. Mãos na cintura, desafiou o companheiro, que andava de um lado para o outro procurando se controlar. Vitório não queria bater na mulher, embora achasse que ela tinha ido longe demais. Desde a noite anterior, não deixara de azucrinar seu juízo e continuava querendo confusão. Mas a coitada só queria dissuadi-lo.

Sabina gostava de Vitório e na verdade morria de medo de perdê-lo. Não para outra mulher, mas para aquelas ideias perigosas que deixavam seu homem desassossegado.

— É melhor você cuidar das tuas coisas que eu vou cuidar das minhas. Vê se dá uma ordem nesta bagunça — falou Vitório.

Vendo que ele estava para sair, Sabina deixou de lado o ar raivoso. Soltou a vassoura, embrulhou a zanga e mudou de tática. Afetuosa, pediu a Vitório que escutasse os seus apelos. Com voz mansa achegou-se a ele. Vitório não resistiu e baixou a guarda. Só não concordou com o pedido que ela insistia em fazer. Seus companheiros contavam com ele e não era homem de voltar atrás. Dera a sua palavra e estava comprometido. Corpo retesado, deixou-se abraçar por Sabina, mas logo se afastou.

— Tenho que pegar no pesado. Não esquece de deixar a chave na casa de Belchior. Não sei que horas eu volto.

— Te cuida, meu nego!

Vitório saiu sem dizer nada. A mulher ficou no meio da sala sem saber o que fazer. Deu uma tristeza danada e os olhos se encheram d'água. A vontade que tinha era de ficar em casa e chorar até secar, mas tinha que trabalhar. Se chegasse atrasada, não conseguiria vender comida no ponto que tinha na Cidade Baixa. Bastavam as desavenças com Vitório. Ajeitou a roupa, amarrou o pano na cabeça e saiu trancando a porta. Ainda tinha de passar na casa de Belchior.

Para o lado do cais do porto, Domingos deu uma parada para descansar. Trabalhara o dia inteiro descarregando saveiros. Encostou-se nos fardos enxugando o suor que escorria pelo peito musculoso. Picou o fumo e enrolou um cigarro na palha do milho e deu a primeira baforada. "Fumo dos bons!" O cheiro do fumo de corda se misturou ao da maresia.

Carregadores passavam com cestas e balaios carregados de peixe, frutas e outras mercadorias. O vai e vem entre o prédio da alfândega e o cais era grande. Apesar do avançado da hora, os saveiros ainda despejavam mercadorias e gente vinha das cidades e vilas do Recôncavo. Os sinos das igrejas da Conceição e do Pilar anunciavam as últimas missas antes que a noite chegasse.

Formou-se um pequeno grupo de carregadores em torno de Domingos. Uma roda de conversa, onde a aguardente se fez presente e a falação correu solta. Foi aí que ele soube da chegada de um grupo de negros vindos de Santo Amaro para um encontro com um tal de Pedro Luna, homem de grande influência na região, que chegara na cidade da Bahia dias antes.

Entre um trago e outro, comentou-se à boca pequena o levante que estaria para acontecer. De concreto nada se sabia, mas a maioria dos homens que estavam no porto naquele dia sentira o clima carregado quando do desembarque de muitos passageiros, que logo sumiam no meio do povaréu.

A roda se desfez quando o sol mergulhou nas águas da baía. Domingos enxugou o corpo com um trapo, vestiu a bata de algodão cru e rumou para casa.

Guilhermina, na companhia de Sabina, fritava acarajés quando Domingos chegou. Enquanto comiam, ele contou o que ouvira na Cidade Baixa. Guilhermina foi firme:

— Espero que você não se meta em barulho. A Sabina já brigou com Vitório por causa dessa gente de Santo Amaro!

Domingos nada respondeu, mas continuou a falar:

— A coisa é séria, mulher. A notícia de que Ahuna voltou de Santo Amaro correu de boca em boca. No cais tá um cochicho de assustar. Pudera, eles estão ameaçando matar os brancos, cabras e negros crioulos...

— Virgem! — Persignou-se Sabina, olhos arregalados, pensando no que tinha se metido o seu Vitório. — Eu preciso ir pra casa!

— Espera mais um pouco, Sabina, quem sabe o Vitório não passa por aqui!

— Oxente, Guilhermina, parece aluada! Com a cabeça cheia dessas coisas de revolta, vê lá se Vitório vai se lembrar da gente! É mais fácil um boi voar!

— É melhor você ir pra casa, Sabina — aconselhou Domingos. Despediram-se e Sabina seguiu seu rumo. Levava preocupação e medo.

Enquanto terminavam de comer, Guilhermina ouviu do companheiro o resto das informações:

— Além dos negros crioulos, os sublevados prometem matar os africanos que não apoiarem o levante. Quanto aos negros fetichistas, não vão deixar um vivo. É tanta história que o povo conta que dá até arrepio!

A noite caiu pesada sobre a cidade.

Sabina não encontrou Vitório em casa. Foi procurá-lo em casa de Belchior. Sua ida foi em vão, mas conseguiu a vaga informação de que o companheiro estaria na Rua do Guadalupe, na casa dos homens de Santo Amaro. Coração apertado, a mulher seguiu na sua busca. Precisava afastar Vitório daquela conspiração. Decidida, apressou o passo até chegar no endereço que lhe tinham dado. Estava para bater na porta da casa quando dela saiu a negra Edum.

— Perdeu o rumo, minha filha?

— Procuro por Vitório, também conhecido como Sule. Tô precisando falar com ele. Dá pra chamar o Vitório pra mim?

— Ih, minha filha, daí ele só sai quando for a hora da gente tomar a cidade. Não adianta insistir. É melhor voltar pra casa. Quando a madrugada chegar, seu homem e os companheiros vão atacar. Quando você ouvir uns foguetes lá pros lados da Praça do Palácio, pode ter certeza de que vamos matar tudo quanto é gente. Só os mulatos serão poupados.

— Ó meu Pai do Céu! E o que é que eles vão fazer com os mulatos?

— Vão ser lacaios dos vencedores.

— Que destino, coitados deles! Pois fique certa, não acredito que vocês consigam vencer. Amanhã, vão tomar é muita surra. Não vão ser senhores da terra, mas senhores da surra!

— É bom se cuidar! Amanhã, quando a vitória for nossa, vou ajustar as contas contigo!

Sabina tremeu diante da ameaça de Edum, que fechou a porta depois de encará-la com desprezo. Sozinha, sem saber o que fazer, a mulher apavorou-se. Sem muito atinar, correu para a casa de Guilhermina, dizendo:

— Vou fazer de tudo pra tirar Vitório desta casa! Se precisar, vou pedir aos brancos pra mandar dois soldados. Ah se vou!

Eram 9 horas da noite quando o juiz de paz do primeiro distrito do curato da Sé ouviu as informações sobre o levante de escravos e de homens livres. Apressado, o juiz saiu em busca do presidente da província. Segundo o que lhe contaram

Sabina e Guilhermina, que vieram em busca de ajuda para tirar Vitório de uma reunião na Rua do Guadalupe, o levante se daria na madrugada de domingo, logo após o toque da alvorada.

A cidade já estava em clima de festa. No amanhecer do dia 25 de janeiro comemorava-se a grande festa de Nossa Senhora da Guia no arrabalde do Bonfim. Era um dia propício para o levante.

No palácio, as providências começaram a ser tomadas. O tempo era pouco e as autoridades não tinham certeza da hora marcada para a sublevação. Temendo um ataque de surpresa, as tropas do exército e da polícia foram colocadas de prontidão. O presidente da província reuniu-se com todo seu escalão e determinou ao chefe de polícia, Francisco Gonçalves Martins, que reprimisse o levante com rigor.

— Dr. Francisco, não é a primeira revolta de negro que temos na província da Bahia. Desde 1809 ocorrem esses levantes. Temos que pôr um fim a esta baderna. A cidade não pode viver mais um clima de tensão e medo, ficando à mercê da violência e da selvageria dessa gente. O que nos deixa perplexos é saber que mais uma vez os negros islamizados conseguem se reunir e urdir um plano de tal monta! Onde estão os encarregados da segurança da província, que não conseguem detectar indícios de revolta? Debaixo das nossas barbas, eles tramam.

Diante do silêncio que se fez na sala, ouvia-se apenas a respiração ofegante do presidente. Ele olhou firme para o chefe de polícia esperando uma satisfação.

— Senhor presidente, pelo que sabemos até agora, as ideias e crenças dos haussás dão sustentação para o levante. Dei ordens de busca nas casas dos africanos e temos alguns presos. Tiramos pouca coisa deles. Mas, creia, a cidade não corre perigo. Todas as providências foram tomadas e, assim que o senhor terminar esta reunião, estaremos seguindo para a colina do Bonfim. Lá se encontram destacamentos militares encarregados de impedir que os negros dos engenhos próximos se unam aos revoltosos.

— Mantenha o tal de Licutan incomunicável. Por sua causa, muita agitação tem acontecido. Acredito que seja um dos chefes da revolta.

Com essas palavras o presidente deu por encerrada a reunião. Foi servido café com sequilhos e, em seguida, licor de jenipapo. A fina flor da aristocracia baiana, embora temerosa, mantinha-se firme no propósito de reprimir com violência a insubordinação. O palácio manteve-se iluminado a noite inteira.

Uma escolta seguiu para o Bonfim, acompanhando o chefe de polícia. Antes de se dirigir para a península de Itapagipe, Dr. Francisco autorizou o cerco a um casarão na ladeira da Praça.

Assim que recebera a denúncia de que numa loja se reunia um grupo de africanos, a ordem para a batida fora expedida. Diante do casarão, o inquilino do prédio, o alfaiate Domingos de Sá, tentava com subterfúgios deter a invasão da casa.

— Não, sinhozinho, aqui em casa só tem os moradores. A maioria já dorme!

— Abra a porta!

— Não tenho a chave!

— Vamos arrombar — afirmou o chefe da tropa.

De repente, a porta foi aberta e um tiro de bacamarte se fez ouvir. Uma voz gritou:

— Mata soldado!

Um grupo de homens vestidos com abadás, grandes camisas brancas sobre as calças, respondeu em coro:

— Mata!

E saíram armados de espadas, pistolas, lanças e espingardas. A determinação com que eles se lançaram sobre os soldados deu margem a grande confusão. Tiros foram trocados e um deles feriu o tenente Lázaro. A tropa, assustada pela surpresa, bateu em debandada, enquanto os sublevados corriam para as imediações da Ajuda. Tentariam de todas as maneiras arrombar a cadeia pública e retirar o alufá Licutan. A resistência ali encontrada fez com que os negros seguissem para o Largo do Teatro.

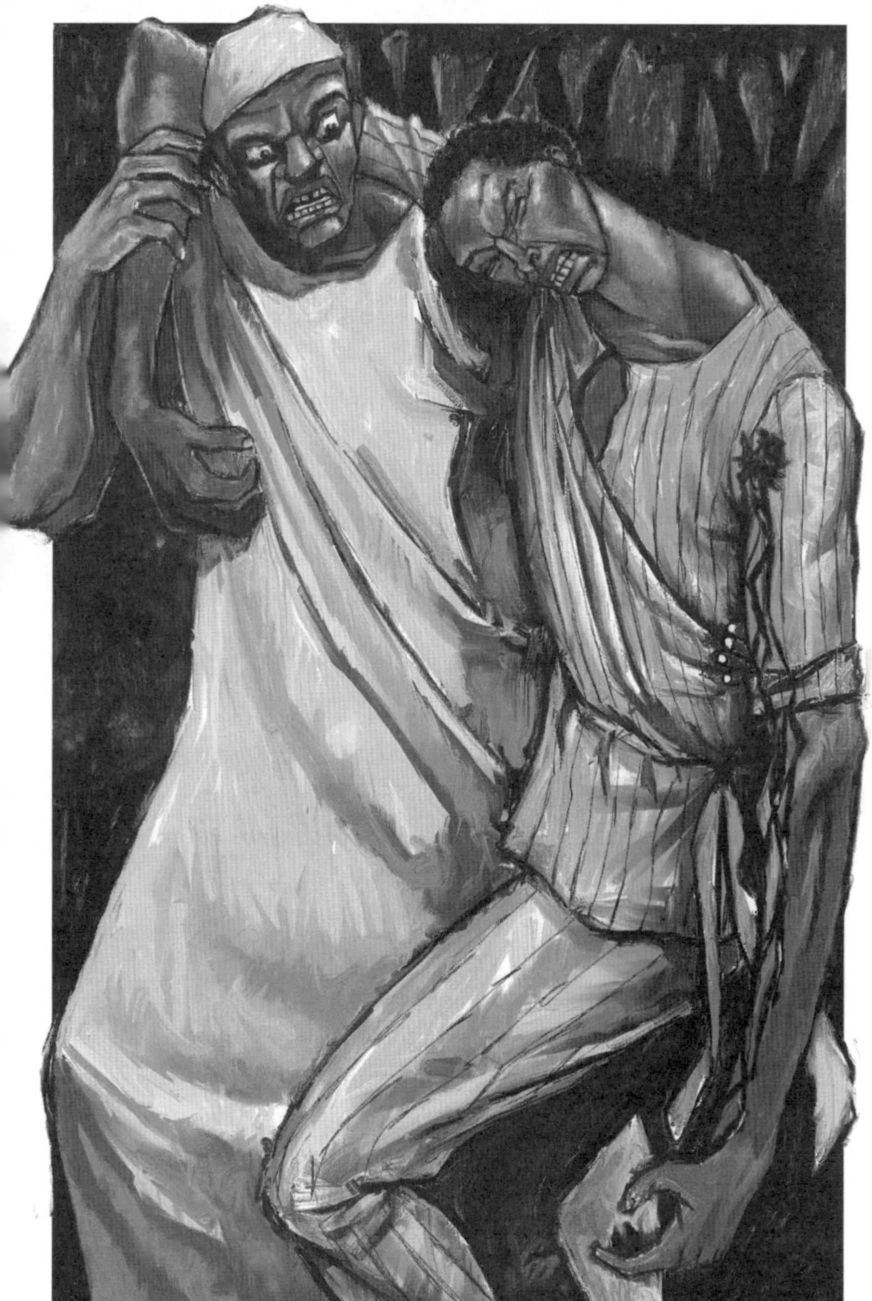

Novo confronto se deu entre os soldados e os revoltosos. O pequeno número de militares não conseguiu deter o grupo. A violência tomou conta do largo. Logo o grupo seguiu na direção do Forte de São Pedro, com o intuito de se juntar aos que vinham da Vitória. Sobraram no local dois homens pardos mortos e muitos feridos.

A revolta fora deflagrada antecipadamente. A noite era de sangue, suor e gritos. O alvorecer ainda demorava, mas a luta e a confusão se alastraram pela região central. Na rua do Forte de São Pedro, a artilharia abriu fogo sobre os dois grupos. Diante do fogo, os dois grupos se juntaram e partiram para Mouraria. Como um rastilho, as lutas se espalhavam por todos os cantos, fazendo mais mortos e feridos.

Fortunato lutava com energia, procurando se safar das balas que os militares despejavam. Mostrando coragem e valentia, fazia de tudo para se manter vivo. Mariana não saía dos seus pensamentos. No meio da luta, lembrou-se do colar de contas brancas e azuis que recebera dela. Desdenhara a oferta, mas ante o perigo tirou o colar do bolso, colocando-o no pescoço. Diante da intensidade do tiroteio no quartel da Mouraria, Fortunato se abrigou. Assim que pôde, conseguiu sair da linha de frente e seguiu os companheiros até a Baixa dos Sapateiros. Daí seguiram para Águas de Meninos, região da cidade baixa à beira-mar, onde toparam com a cavalaria, que desencadeou feroz ataque.

Caindo em cima dos amotinados, a cavalaria seguiu as instruções do chefe de polícia que regressara do Bonfim para reforçar a guarnição, última estratégia para deter os amotinados. Na luta, Fortunato recebeu um tiro no ombro esquerdo. Passado o susto, e vendo que a bala não tinha atingido nenhum órgão vital, o rapaz se esgueirou como pôde, embrenhando-se no mato, ajudado por um parceiro. Guiado pelo homem que conhecia as trilhas pelo matagal, Fortunato tentava resistir à dor.

"Preciso me safar dessa! Esquece a dor, Fortunato! Eu não posso me amofinar!" Fortunato cerrava os dentes para não gemer.

— Vamos embora, homem, se a gente vacila, os soldados podem alcançar a gente.

— Essa trilha vai dar onde? Eu estou sangrando muito, Eusébio.

— Aguenta mais um pouco. Ali adiante tem uma fonte e eu cuido da ferida. — Eusébio puxou Fortunato para junto de si, fazendo com que ele apoiasse o braço sobre o seu ombro. Respirando fundo, fez força para ajudar o ferido a andar pelo mato fechado. A madrugada tornava a mata mais escura, dificultando a caminhada. Mas Eusébio dominava os caminhos como ninguém! Assim chegaram até a fonte.

Uma pequena clareira se abriu e uma nesga de céu estrelado apareceu para os homens. Deixando Fortunato acomodado próximo à água, Eusébio tateou até encontrar o que queria. Pegou as folhas, sentiu seu cheiro e, certificando-se de que eram as de que precisava, voltou para junto do companheiro.

Eusébio fez Fortunato tirar a bata úmida de suor e sangue. Lavou o ferimento. Ao ver que a bala tinha saído do corpo e o ferimento era superficial, relaxou. Em seguida esfregou as folhas maceradas no local e, com uma tira de pano que rasgou do turbante, estancou o sangue. Mais descansados, retomaram a fuga.

A milícia, ajudada pela cavalaria, debelava a insurreição, deixando muitos mortos pelas ruas. Os negros que não morreram pelas balas e pelas espadas se afogaram quando tentaram fugir pelo mar. Os que conseguiram se safar, como Fortunato e Eusébio, meteram-se mata adentro.

Por volta das 6 horas da manhã, quando o sol alumiava a cidade, um grupo de seis negros que não sabiam da antecipação da revolta desceu até Águas de Meninos depois de terem incendiado o casarão do seu senhor. Ao chegarem, depararam com um quadro aterrador. Os mortos se espalhavam pela região. Os feridos tentavam fugir, mas eram presos ou executados pelos soldados. Os retardatários foram fuzilados imediatamente.

A cidade assustada amanhecia. Seus moradores guardavam-se nos casarões à espera da calmaria. Enquanto isso, de maneira truculenta, a polícia revistava a moradia de todos os africanos.

⁕

Assim que o dia amanheceu, Feliciana da Conceição fez as obrigações. Embora soubesse do levante no centro da cidade, procurava manter-se calma. Quando a notícia chegou, pediu que os moradores ficassem em suas casas. A roça estava tranquila.

Com a ajuda de Francisca, a iyá kêkêrê, segunda pessoa na hierarquia da casa, arriou o trabalho no peji, altar de Oxalá. Acabava de sair do quartinho quando ouviu os gritos de Maria Eugênia, que entrava esbaforida. Mariana vinha com ela, olhos arregalados. A garota tremia, enquanto sua mãe pedia ajuda. Feliciana assumiu o controle da situação. Mesmo sem saber os motivos de tanta aflição, concluiu ser resultado dos últimos acontecimentos. Pediu água com açúcar para a filha e a neta e esperou que Maria Eugênia se acalmasse.

— Respira fundo e me diz, o que foi que aconteceu?

— Mãe, os soldados estão dando uma batida em todas as casas. Alegam que estamos mancomunados com os revoltosos. Estão fazendo muitas prisões. Gritam e batem em quem encontram, chamando a todos de feiticeiros! A senhora precisa esconder os objetos do culto. Eles vão arrebentar com tudo.

Feliciana saiu da sala. Esquadrinhou o horizonte. A natureza contradizia os relatos da filha. Apesar disso, não duvidou das palavras dela. Era como se já soubesse de antemão o que estava para acontecer. Sua ida até a cadeia para conversar com o alufá era uma prova de sua intenção de impedir o derramamento de sangue. Agora estava ali, à espera dos soldados: — Pois que venham! — disse para si.

Do outro lado da cidade, a milícia controlava todos os pontos e saídas. Um grupo de soldados fazia com que os escravos recolhessem os mortos e feridos. Os presos eram levados para a cadeia pública, debaixo de xingamentos e açoites. Na Ajuda, o movimento era grande. As autoridades isolaram o prédio da cadeia para impedir possíveis ataques. À medida que a notícia do insucesso da revolta se espalhava, populares começaram a circular pelo centro da cidade, juntando-se ao redor do cordão de isolamento.

O alufá Licutan foi mantido afastado dos homens que chegavam. Mesmo assim, um deles conseguiu lhe entregar um papel. Abatido, desde que soubera das lutas pelas ruas da cidade, mantivera-se em vigília. Ao saber do malogro do levante, uma profunda tristeza tomou conta dele. Sentindo o peso da sua responsabilidade, não aceitava ter sido a sua libertação um dos motivos do movimento. Ao ver os presos chegando, foi tomado de angústia e derramou-se em lágrimas.

Além das prisões, a polícia recolheu em várias casas tábuas e papéis com caracteres árabes, túnicas guerreiras e rosários sem cruz. A repressão que se seguiu ao levante foi enorme e atingiu toda a população negra. Como os negros malês mantinham-se firmes nas suas crenças, ao serem interrogados, não davam nenhuma informação sobre o levante. Mesmo torturados, mantinham-se leais uns com os outros. Mostravam-se valorosos, dificultando a ação das autoridades, que redobravam os castigos na tentativa de conseguir mais detalhes sobre a sublevação.

Mãe Feliciana da Conceição esperou os soldados depois de acalmar os moradores da roça. Com firmeza e bondade confortou todos, recomendando que ninguém reagisse. Os soldados acabariam matando aqueles que se opusessem à batida. A tensão era muito grande e aumentou quando alguém veio dar a notícia de que dois homens, um deles ferido, pediam guarida na casa.

Feliciana foi ao encontro dos dois e, vendo Fortunato naquele estado, não perdeu tempo. Chamou Marcolino, homem de sua confiança. Pediu a ele que levasse os dois para um determinado sítio no meio da mata e que não saíssem até que mandasse um aviso. Feitas as recomendações, solicitou a Maria Eugênia que preparasse um farnel. O velho então encaminhou Fortunato e Eusébio para o esconderijo.

— Que ninguém dê com a língua nos dentes! — recomendou a mulher.

A cavalo, os soldados invadiram os casebres, derrubando o que encontravam. Em seguida, vasculharam tudo, deixando em desordem as moradias e a casa de culto. Ali, o estrago foi grande. Quebraram os objetos, reviraram tudo, recolhendo aquilo que achavam ser prova ou não de rebelião, e retirando tudo o que estivesse relacionado com o culto fetichista, como se referiam de maneira desdenhosa. Acusaram Feliciana e sua gente de adoradores de ídolos. A violência foi tamanha, que nem as imagens dos santos católicos foram poupadas.

Sem encontrar provas de ligação com os sublevados, a soldadesca bateu em retirada, deixando tudo de pernas para o ar. Seguiram em busca de outras moradias na região. Mãe Feliciana olhou os homens se afastarem sem perder a sua dignidade. Em nenhum momento fraquejara. Em frente à casa, era uma rainha. Apesar do sofrimento, não se deixou abater. Tinha visto e sofrido coisas muito piores na sua vida. Confortou os que choravam e logo tomou as providências para restabelecer a calma na roça. Antes de entrar, viu grossas nuvens que se formavam para os lados da lagoa escura.

— Eugênia, mantenha Mariana no quarto. Não quero que ela fique sabendo que o Fortunato está por aqui.

— Por quanto tempo a senhora vai conseguir manter essa situação, minha mãe? Mariana e Fortunato se gostam...

— Deixe comigo! Não tenho nada contra o gostar deles, mas acho que eles precisam cumprir primeiro o destino deles, pra depois se unirem num só. Não é bom precipitar os acontecimentos, minha filha. Cada um tem a sua hora... O sangue é mais forte, você sabe disso. Quando chegar o tempo da iniciação...

— Não sei onde a senhora quer chegar!

— Eu não quero nada, Maria Eugênia. Você se esqueceu do que Mariana sentiu na porta daquela igreja? — A filha não respondeu. — Faça o que eu digo. Agora, vá chamar Marcolino.

Quando a noite caiu, Marcolino trouxe Fortunato para sua casa. Eusébio agradeceu a proteção da senhora e seguiu seu caminho. Vendo que Fortunato estava febril, Marcolino passou a cuidar dele como se fosse um filho. No delírio, o rapaz misturava fantasia e realidade.

Ao limpar a ferida, Marcolino foi surpreendido pelas palavras que Fortunato falava entre gemidos. Chamava por Alá ou Oxalá! Como o velho não tinha certeza do que ouvira, matutava... Resolveu guardar a dúvida para si. Na ocasião propícia esclareceria tudo com Fortunato. Agora, era preciso fazer com que a febre baixasse.

As nuvens pesadas diluíram-se em forte trovoada. Os relâmpagos iluminaram as árvores açoitadas pela ventania. Mãe Feliciana acabava de arrumar as moringas com água, a gamela (vasilhame de madeira), os pratos e as moedas de cobre no peji de Xangô quando o aguaceiro aumentou. Um raio caiu na mata e ela saudou o orixá.

— Kawó Kabièsilé!

Venham ver o Rei descer sobre a Terra!

Saudando Xangô, Feliciana pedia justiça.

G overno, justiça e clero deram andamento aos processos decorrentes da revolta, que passou a se chamar Guerra dos Malês. Na cidade, o clima era de tensão. Após o primeiro impacto, a população voltou ao seu ritmo, mas o ódio aos negros redobrou. Sem nenhum motivo, policiais e civis agrediam e matavam africanos nas ruas de Salvador.

Assim que o levante foi abafado, as autoridades contabilizaram os mortos e feridos. Seguiram-se os inquéritos dos presos, muitos ainda convalescendo dos ferimentos sofridos na luta.

O presidente da província era informado diariamente sobre o desenrolar das etapas do processo e dele se apurou ser a revolta um movimento de cunho religioso, feita por homens instruídos e valorosos. Muita coisa, no entanto, ficou sem esclarecimento, dada a negativa dos insurretos em denunciar os seus companheiros.

Diante da violência com que eram tratados, os homens mostravam-se corajosos e leais. Negando conhecerem-se uns aos outros, dificultavam o aprofundamento das investigações. Atos de bravura eram comentados entre a população negra da cidade da Bahia. De boca em boca, relatavam a atitude do negro Henrique. Gravemente ferido, fora acometido de tétano, vindo a falecer depois de demorado interrogatório. Em nenhum momento, apesar das dores, o homem vacilara. Manteve-se firme e, entre gemidos, negou conhecer os negros que o tinham convidado para participar do levante.

Quem contava a história do negro Henrique não deixava de enfatizar as palavras ditas por ele antes de morrer: — Não digo mais nada, porque não sou gente de dizer duas coisas. O que disse está dito, até morrer.

Em meio à boataria, a vida continuou no seu eterno refazer. Mesmo com tantas dificuldades, o processo suscitava discussões acaloradas. Ainda palpitava nas diversas camadas da população o desdobramento dos fatos. As determinações do presidente da província eram cumpridas à risca e enviadas para o Rio de Janeiro, para conhecimento do regente Diogo Antônio Feijó.

Fevereiro findou com muitos interrogatórios, acareações e buscas para esclarecer o paradeiro de um tal de Mala-Abubakar, assinante de diversos papéis encontrados com os malês.

Março se foi com as suas águas...

Enquanto isso, restabelecido do ferimento, mas ainda sem poder circular livremente, Fortunato ia tomando contato com a vida no terreiro de Mãe Feliciana da Conceição. Sua convivência com Marcolino se estreitava e ele se deixava conduzir pelo velho. Fortunato ajudava nos trabalhos e gostava de andar pela mata em sua companhia. Mãe Feliciana agia através do velho Marcolino.

Naquela manhã, enquanto descansavam depois de catar lenha, Marcolino abordou Fortunato:

— O menino acredita na força do axé? — Fortunato balançou a cabeça negativamente. — Oxente! Então, como é que traz pendurado no pescoço as contas de uma orixá?

— Foi presente de Mariana... Por falar nisso, o senhor podia ajudar a me encontrar com ela. Eu sinto que estão querendo separar a gente. Dona Feliciana...

— Mãe Feliciana não quer separar ninguém, meu filho. Isso é invenção da sua cabeça. Se a menina Mariana não veio ver você, é que ainda não é hora.

— E pro gostar tem hora marcada, seu Marcolino? — Diante da pergunta o velho encarou Fortunato e depois de breve pausa falou:

— Se existe hora marcada, eu não sei. O que sei são dos caminhos dados pra gente seguir. Só que alguns já foram escolhidos muito antes da gente cair no ayê, no mundo, Fortunato! No tempo certo você vai se encontrar novamente com a menina. Ela me disse outro dia: Fortunato sumiu, mas acho que o senhor meu tio sabe do paradeiro dele! Eu disse que não sabia de nada. Ela insistiu e pediu pra que eu cuidasse de você. É isso que eu tenho feito, não é?

Fortunato abaixou a cabeça concordando. Marcolino tirou umas goiabas da capanga e ofereceu ao rapaz. Enquanto comia, o velho voltou a falar:

— Quando você chegou aqui delirando de febre chamava por Oxalá!

— Ih, seu Marcolino, quem tá delirando agora é o senhor. Onde já se viu misturar Alá com orixá?

— É... — o velho fez uma pausa, coçou o queixo e continuou: — Há tanta mistura nessa terra, meu filho...

A frase ficou incompleta. Os feixes de lenha esperavam para ser transportados. Fortunato, apesar do ombro ainda dolorido, pegou o maior. Os dois voltaram para a roça.

Assim que contornaram a cerca, Fortunato avistou Mariana de conversa com um estranho. Na charrete, o mocinho loiro parecia entretido com os gestos da garota. Ao comentar com Marcolino, Fortunato jurou ouvir risos entre eles. Mais ciumento do que temeroso em ser descoberto, Fortunato teve de ser detido por Marcolino. O rapaz queria porque queria tirar satisfação. Remoendo-se, aceitou entrar em casa somente com a promessa de Marcolino de saber quem era o visitante.

A surpresa causada pela chegada repentina de Richard fora tão grande que o terreiro entrou em alvoroço. Coube a Maria Eugênia apresentar o garoto para a mãe. Mantendo-se reservada, mas curiosa, Feliciana fez as honras da casa, tentando entender os motivos da visita. Por mais que deixasse Richard à vontade, o estranhamento era grande entre eles. O sotaque do rapaz tornava a conversa complicada. Mesmo assim, conseguiram ouvir dele as notícias sobre os atos do governo com relação aos acusados da Guerra dos Malês.

— A maioria das sentenças já foi dada. Condenaram 281 homens à morte.

A notícia causou horror a Mariana. O jovem continuou:

— Mas falam em substituir a pena de morte em galés perpétuas, açoites e prisão com trabalhos forçados. Há quem afirme que os homens libertos serão deportados para a África. Para isso aguarda-se uma decisão do regente, o senhor Feijó.

— O sinhozinho anda sabedor de tudo! — Feliciana olhou para o rapaz, que sustentou seu olhar. Apesar da pouca idade e das diferenças que existiam entre eles, o moço buscava a confiança da mulher. E ela não imaginava qual seria o interesse dele. Por um momento chegou a pensar se ele não estava querendo se deitar com Mariana. Mas logo afastou aquele pensamento. O que ele queria com a sua gente, só o tempo poderia dizer. Achava tudo tão estranho e manteve-se reservada.

— O meu pai... Não o deixo sossegado enquanto não me conta o que se passa por aqui. Os jornais não dizem muito. E, quando dizem, pode-se confiar neles?

— Já que o sinhozinho tem tantas notícias, sabe alguma coisa sobre o senhor Pacífico, conhecido também como Licutan?

— Foi condenado a receber mil açoites!

— Misericórdia! — Feliciana silenciou. De olhos fechados murmurou palavras em nagô.

Richard saiu da sala e caminhou pelo terreno em frente da casa, cheio de plantas e bichos. Num canto recuado, viu uma casinhola de madeira com a porta trancada. Uma grande árvore no lado oposto chamou-lhe a atenção. Estava cercada e tinha um pano branco circundando-lhe o tronco. Curioso, chegou perto.

— O sinhozinho tem religião? — Feliciana se aproximou.

— Eu tenho dúvidas, minha senhora!

Feliciana sorriu.

— Que elas sejam tantas quanto os anos que o sinhozinho tem... Estava interessado na casinha?

— E nesta árvore.

— É uma gameleira. Uma árvore sagrada pra nós. É assentamento de santo...

— Santo?

— Orixá, meu filho. — Richard surpreendeu-se com a intimidade, mas gostou de ser chamado de filho. — Um dia, quem sabe, você se achega a esta casa... — A frase ficou no ar e ele não soube o que ela pensava.

Maria Eugênia saiu de casa quando o rapaz se despedia de Feliciana.

— Sua mãe sabe que o sinhozinho veio pra estas bandas?
— Não! E nem precisa saber, Eugênia.

A charrete fez uma curva e tomou o caminho na direção da cidade.

◈

Depois de molhar o rosto e a nuca com a água que caía da mina, Mariana colocou o pote para encher. A mata estava silenciosa. O barulhinho provocado pela água era relaxante. A garota ficou observando a fonte escorrer pelas pedras, dando curso ao riacho que se perdia no mato. Distraída, não viu Fortunato se aproximar. Ao levantar o pote, ele avançou para ajudá-la. Assustada, desequilibrou-se.

— Fortunato! Por onde você anda, criatura? Você sumiu, meu nego! — Mariana fez um carinho no rosto de Fortunato. Ele se esquivou.

— Eu ando mais perto do que você imagina, mas você nem se importa. O que aquele branquelo queria de risada com você?

— Não sei do que você está falando.

— Ele tem aparecido aqui e fica de conversa contigo.

— Se tá me vigiando é porque anda por perto! Onde é que você se esconde? — Diante da pergunta direta ele vacilou, mas respondeu:

— Na casa do velho Marcolino...

— Bem que desconfiei!

— Mas não teve coragem de ir até lá. Mandei recados para você, Mariana, mas parece que você só tem ouvidos para o garoto branco.

Sem pensar, Mariana deu um tapa no rosto de Fortunato.

— Vê se me respeita. O nome dele é Richard.

Fortunato fez pouco, arreliando o jeito de ela falar. Ela não gostou.

— Pare de rir! Quer outro tapa, quer? Tá com ciúme, Fortunato? Você some e quando aparece vem tirando satisfação. Oxente! Nem pergunta como a gente vai. E eu que achei que você estivesse preso!

— Ninguém falou que eu estava escondido aqui? Acho que estão querendo separar a gente, Mariana. Dona Feliciana não disse nada?

— A vovó tem muita preocupação na cabeça, Fortunato. Se não fosse do gosto dela que a gente ficasse junto, ela já tinha mandado você embora daqui. Mas vou tirar a limpo essa história. Agora deixe de me azucrinar por causa de seu Richard. Ele vem aqui interessado noutras coisas. Ele é uma pessoa boa!

— Sei não!

Fortunato não resistiu e pegou Mariana pela cintura. O calor do corpo junto ao seu era bom. Beijou-lhe a nuca; ela relaxou nos seus braços. Mariana procurou os lábios de Fortunato e se entregou aos carinhos. O barulho da fonte tornava aquele um local tranquilo para o encontro.

Fortunato tomou Mariana pela mão e foram andando pelo riacho até se afastarem da nascente.

— Vamos tomar banho?

— Tá maluco, Fortunato!

— Vamos, ninguém vai ver.

Antes que ela dissesse alguma coisa, Fortunato tirou a bata e se jogou na água. O tecido da calça molhada grudou na pele desenhando a musculatura. Mariana suspirou. "Fortunato está me provocando!"

Brincando, o rapaz espanou água e ela se afastou sorrindo. Ele insistia:

— Vem, Mariana, vem!

— Ih, você parece uma criança grande!

— Decerto. Você também é! Vem cá, vem.

Mariana caminhou pela beira do riacho toda faceira. Suspendeu a saia e molhou os pés.

— Tá é fria!

— Depois que você entra, ela fica gostosa. Vem.

— Chega! Eu preciso voltar com o pote.

A garota pegou o rumo da fonte, mas Fortunato foi mais rápido. Num pulo, se colocou na frente dela. Mariana não resistiu aos braços abertos que ele lhe oferecia. Estreitando seu corpo ao do rapaz, ela sentiu sua roupa umedecer. Um beijo pediu outro. Suspiraram. Trocaram carinhos, afagos, promessas.

Protegidos pela folhagem, desnudaram-se. Mariana beijou Fortunato no peito molhado sentindo nos lábios as gotas que escorriam. Passou a mão sobre a cicatriz no ombro e desceu até o peito. Ele reagiu ao toque estreitando o corpo dela contra o seu. Era a primeira vez que ficavam nus na frente um do outro. Curiosidade, desejo, confusão. Fortunato, mais atrevido, tratava de deixar Mariana à vontade. Mesmo assim, encabulava-se diante do desejo que sentia por ela.

Aproveitando que as roupas estavam largadas no chão, Fortunato deitou Mariana, cobrindo seu corpo com o dele. Falavam baixinho, enquanto ajeitavam pernas e braços. Num crescendo de suspiros, se entregaram aos ritmos que os corpos pediam. Réstias de luz por entre as folhagens iluminavam os corpos, no jogo de descoberta e prazer. Gotas de suor escorriam na pele. O cheiro do mato e da terra molhada inebriava os sentidos despertos. Olhos fechados, Mariana sentiu quando Fortunato, num impulso mais forte, pressionou suas coxas. A garota apertou as mãos sobre as costas do rapaz. A respiração se tornou um gemido. Um beijo selou o ajuntamento. Sentiam-se um pertencente ao outro.

Uma borboleta veio pousar na folha mais próxima. Os reflexos da luz nas imensas asas ressaltavam a delicadeza do desenho e das cores. Ouro sobre azul. Fortunato rolou o corpo e se aninhou ao lado de Mariana, puxando o rosto dela para seu peito. Estavam serenos.

Ressonavam quando Feliciana da Conceição se aproximou. A mulher balançou a cabeça como se recriminasse a si própria por ter deixado os dois separados muito tempo. A força do desejo, a força do amor tinha sido muito maior do que ela. Eram ímãs arrastando a neta para os braços de Fortunato. Fez um pedido pela felicidade dos amantes. Agora era preciso cuidar para que Fortunato se juntasse à família. "Nos planos que tenho para Mariana, devo incluir este moço. É preciso que ele mude o rumo da vida. Desde a revolta vem sendo mantido em segurança, mas precisa retomar o cotidiano. Quem sabe o menino Richard pode me ajudar!" Divagando, seguiu em frente, à procura das plantas de que precisava. Não querendo ser vista bisbilhotando, apressou o passo. O caminho pelo mato era longo...

Mariana foi quem primeiro acordou. O sol já ia alto e os maruins incomodavam. Olhou Fortunato ao seu lado. A primeira coisa que lhe passou pela cabeça foi o medo de engravidar. Se pegasse criança, deixaria seu homem dividido entre um filho e seus ideais. "E eu estarei preparada pra cuidar de um neném?"

O pensamento veio como um estremecimento e ela correu para o riacho. A água correu pelo corpo acalmando-a. Mariana se entregou ao prazer do banho.

Vestiu a roupa e deixou Fortunato ferrado no sono. O pote esperava na fonte.

Entoando uma cantiga aprendida quando criança, a garota ia feliz fazendo planos para o futuro. Se tivesse um filho de Fortunato, ele seria livre. Não precisaria juntar vintém para comprar a alforria da criança, como fizeram os da sua família tempos atrás. Agradecia à avó pela sua liberdade. Fora ela quem lutara para garantir a liberdade dos seus. Mesmo sofrendo e lutando para sobreviverem, estavam livres do mando. Isso, porém, não deixava Mariana contente de todo: "Se estou livre, a maioria do meu povo sofre, trabalhando de sol a sol como animal. Mas um dia, quem sabe, virá a liberdade". Só que ela não sabia como consegui-la. Por isso, não demovia Fortunato do seu caminho de lutas. Embora soubesse que a revolta feita pelos seus companheiros prometia escravizar mulatos e exterminar os que acreditavam nos orixás, Mariana não deixava de dar razão a ele. No fundo ela acreditava que um dia Fortunato compreenderia que a luta pela liberdade teria de incluir a todos:

"Espero que a convivência e a ajuda que ele teve aqui no terreiro clareiem os pensamentos e ele mude de ideia. Onde já se viu sair por aí matando gente só por acreditar noutro santo? Coisa mais sem propósito! Deus não pode querer isso, não! Aqui nessa terra cabe de tudo. Dá pra viver em paz! Quem quer e acredita na compreensão pode muito bem caminhar em harmonia. Aqui tem lugar para as gentes de Oxalá, de Cristo, de Maomé e de Tupã! Tem coração pra todos eles! Vige! De onde eu tirei este pensamento?"

Era a primeira vez que tal ideia lhe ocorria. Na certa seria chamada de doida, caso afirmasse tal coisa. Será?

Tinha muito que conversar com a avó. Sentia coragem para enfrentar suas opiniões a respeito do que pensava. Tinha juntado a sua força com a de Fortunato. Pote na cabeça, seguiu pisando firme na direção do terreiro.

⸻

Desde cedo Feliciana dava as ordens para que a roça se preparasse para os ritos do dia. Zelosa das suas obrigações, atendia ao pessoal instruindo no que fosse necessário. Aos que saíam para trabalhar, pediu que voltassem assim que estivessem desocupados da labuta. Maria Eugênia chegara bem cedo e mantinha-se ao lado da mãe, atenta aos ensinamentos.

Junto com as crianças, Mariana brincava de fazer curral. Com sementes e frutas fazia um rebanho de bichos. Divertia-se em ensinar aos menores como transformar uma goiaba verde num boizinho. Habilidosa, enfiava lascas de madeira na fruta fazendo patas e chifres. Os moleques maiores se adiantavam, construindo pequenos cercados para os bichos. Um menino chorava por não conseguir enfiar os chifres no seu boi. Outro arreliava o pequeno e todos participavam da brincadeira animadamente. Sujos de terra, outros com catarro escorrendo do nariz, nem estavam aí para as moscas e mosquitos que voejavam ao redor deles.

Galinhas, porcos, cabras, cachorros e gatos misturavam-se numa convivência pacífica. Metiam-se entre as crianças até serem rechaçados com pontapés e correrias. Um cágado teimava em se enfiar num dos currais.

Mariana mantinha-se entretida, mas sem descuidar, doida que Fortunato voltasse da cata de lenha na mata. Desde o encontro no riacho e da conversa que tivera com a avó, Mariana e

Fortunato vinham rompendo as resistências de Feliciana. A vida para os dois se tornou um sossego de promessas e afagos. Na noite anterior ele avisara que sairia antes de o sol nascer, estando de volta assim que fosse possível.

O sol já ia pelo meio do céu e nada de Fortunato. Vendo que o velho Marcolino se aproximava, correu para ele:

— Tio Marcolino, o senhor sabe de Fortunato?

— Ih, minha filha, quem sabe de Fortunato! Amanheceu inquieto e saiu cedo dizendo que não tinha hora pra voltar.

— Mas ele não foi buscar lenha, tio?

— Foi o que ele disse? — perguntou o velho.

Mariana confirmou. Marcolino fez ar de quem sabia do paradeiro do rapaz, mas não estava querendo dizer. A garota insistiu. Diante dos olhos cheios d'água não teve como não contar:

— Foi pra cidade, minha filha. Hoje é o dia das execuções...

— Fortunato parece que endoidou de vez! Mas logo hoje!

— Fiz de tudo pra ele não ir. Tá se arriscando muito, falei. Ele insistiu, minha filha. Tinha lá os seus motivos. Disse que eram mais fortes que o medo que sentia de ser preso. Precisava ver com os próprios olhos o que as autoridades iam fazer com seus companheiros condenados. Pra não esquecer, ele afirmou. Tentei segurar ele por aqui, mas não houve jeito. Agora deve tá sofrendo e é bem capaz de fazer uma besteira. Aquilo tem sangue quente!

— O senhor sabe onde é que são as execuções?

— Esqueça, minha filha...

— Diga, tio Marcolino.

— Os açoitados devem ir ao pelourinho. Os que serão fuzilados, eu não sei. Mas deve ser na praça. Pra abrir os olhos dos que pensam em revoltas. Não é assim que eles falam?

Se os ouvidos estavam atentos ao que Marcolino dizia, os pensamentos de Mariana estavam longe. O velho percebeu o seu alheamento e leu alguma coisa nos olhos da menina.

— Não vá fazer nenhuma besteira. Sua avó está ocupada

com as obrigações de hoje, não vá criar confusão. A polícia pode baixar por aqui e não vai gostar do batuque. Não vá chamar a atenção deles com alguma estripulia, menina.

— Não precisa fazer esta cara feia, tio Marcolino. Não vou aprontar nada!

— Acho bom! Agora vá brincar com os pequenos que eu tenho uma palavrinha com sua avó...

Mariana viu o velho se afastar enquanto arquitetava um jeito de sair da roça para a cidade. Precisava encontrar Fortunato, ficar junto dele. Deixando as crianças entretidas com a brincadeira, tratou de agir antes que alguma coisa atrapalhasse seus planos.

Na cidade, Fortunato tomou cuidado. Sozinho, dirigiu-se para onde a população se deslocava. Em frente à igreja da Sé encontrou um conhecido que se manteve discreto, mas alegre ao ver que Fortunato vivia. Apressadamente, contou o que sabia sobre os sobreviventes. Alguns tinham fugido para o interior, e a maioria mantinha-se afastada, seguindo a sua fé em segredo. As reuniões estavam proibidas. Amedrontados, não se reuniam mais. Esperavam que o tempo se encarregasse de fazer a revolta cair no esquecimento. Talvez assim pudessem retomar o culto e os ensinamentos do profeta e da língua malê. Talvez pudessem planejar outros levantes. O conhecido confirmou as penas. A grande maioria dos homens libertos estava sendo deportada para a Costa da África.

Fortunato apressou o passo até o Terreiro de Jesus, com destino ao lugar do pelourinho. À medida que se aproximava do largo, o movimento aumentava. Grande número de soldados circulava, mantendo a ordem. O clima no local era uma mistura de euforia e tensão. A cidade preparava-se para o espetáculo promovido pelo presidente da província, cumprido à risca pelo chefe de polícia.

Corria a notícia de que alguns cidadãos apelavam para que as autoridades acabassem com aquela forma de martírio em praça pública. Contavam com a ajuda dos jesuítas para convencer os que resistiam à ideia. Fortunato duvidou do boato.

Assim que chegou no largo, Fortunato ouviu a leitura da ordem de açoitamento de Sanim. O homem foi amarrado à coluna de pedra e castigado com seiscentas chibatadas. No silêncio da praça, ouviam-se as chibatadas cortando as costas do velho, que cerrava os dentes para não gritar. Tomado de ódio, sem pensar, Fortunato abaixou e pegou uma pedra, apertando-a com força. Estava para erguer o braço quando sentiu uma mão pressionando-o. Não reagiu com violência, pois o toque, embora firme, era de mão feminina. Virou-se bruscamente e, espantado, viu Mariana ao seu lado. A mão dela escorregou pelo braço de Fortunato ao encontro da mão crispada. Afagando-a, fez com que os dedos relaxassem. Mariana pegou a pedra e disfarçadamente colocou-a no chão.

Um murmúrio percorreu a assistência. O nome de Pacífico foi anunciado. Era o último supliciado do dia. O alufá mostrava-se sereno e altivo ao ser amarrado para receber os mil açoites a que fora condenado. Diante da imponência de Licutan, ouviram-se murmúrios no largo.

À medida que o carrasco descarregava a chibata sobre a carne macerada, o alufá Licutan dobrava-se todo ensanguentado. Mariana tentou ser forte, mas, ao ver o estado do homem, escondeu o rosto no peito de Fortunato. O coração do namorado batia tão forte que ela receou por ele. Fortunato não aceitava que aquele homem de aparência tranquila fosse castigado daquela forma. "Mas o que podia fazer?" Sentia-se fraco diante de tamanha violência. Estavam desbaratados, suas lideranças reprimidas. O rapaz conteve as lágrimas.

Quando Licutan desmaiou, os encarregados do suplício tomaram as providências necessárias para encerrar o evento. O corpo foi retirado do local e não se soube mais do seu paradeiro. As autoridades fizeram de tudo para apagar da história a existência daquele homem valoroso e de bondade extrema, como testemunhavam muitos negros da cidade da Bahia.

Por fim foram lidas as ordens de fuzilamento dos libertos Jorge da Cunha Barbosa, José Francisco Gonçalves e dos escravos Gonçalo, Joaquim e Pedro. Diante do comunicado, alguém reclamou:

— Onde já se viu fuzilar bandidos como se fossem soldados!

Fortunato virou-se para o lado no momento em que o reclamante ouvia a resposta para a sua observação.

— É, não encontraram carrasco para puxar a forca!

— Assim, vão acabar transformados em heróis! Bando de negros safados! — O homem arrematou sua fala escarrando sobre a pedra do calçamento.

Mariana sentiu os músculos de Fortunato enrijecerem e tratou de tirá-lo dali antes que fizesse alguma besteira. Ele resistiu, mas, diante da firmeza da garota, não teve como levar adiante o que queria fazer: atacar o homem com toda a fúria reprimida que sentia.

Sem saber que rumo tomar, Mariana entrou na igreja de Nossa Senhora do Rosário dos Pretos. Na penumbra, a lamparina deixava pequenos pontos de luz sobre os entalhes do altar-mor. Homens e mulheres da irmandade rezavam uma ladainha. O som profundo das vozes subia, espalhando-se pela nave. Fortunato deu meia-volta e Mariana implorou para que ele não voltasse para a rua.

— Não quero ficar aqui no meio desses negros conformados! Ah, se eu pudesse...

Não disse o que queria, mas o gesto de cortar a garganta que ele fez provocou uma inesperada reação na garota. Mariana agarrou Fortunato pela gola da bata e encarou-o de um jeito que ele ficou sem reação.

— Deixe de ser besta, homem! De que adianta tanta violência! Violência chama violência! Você não vê que tudo isto não leva a nada, Fortunato? O que você quer só facilita o trabalho dos

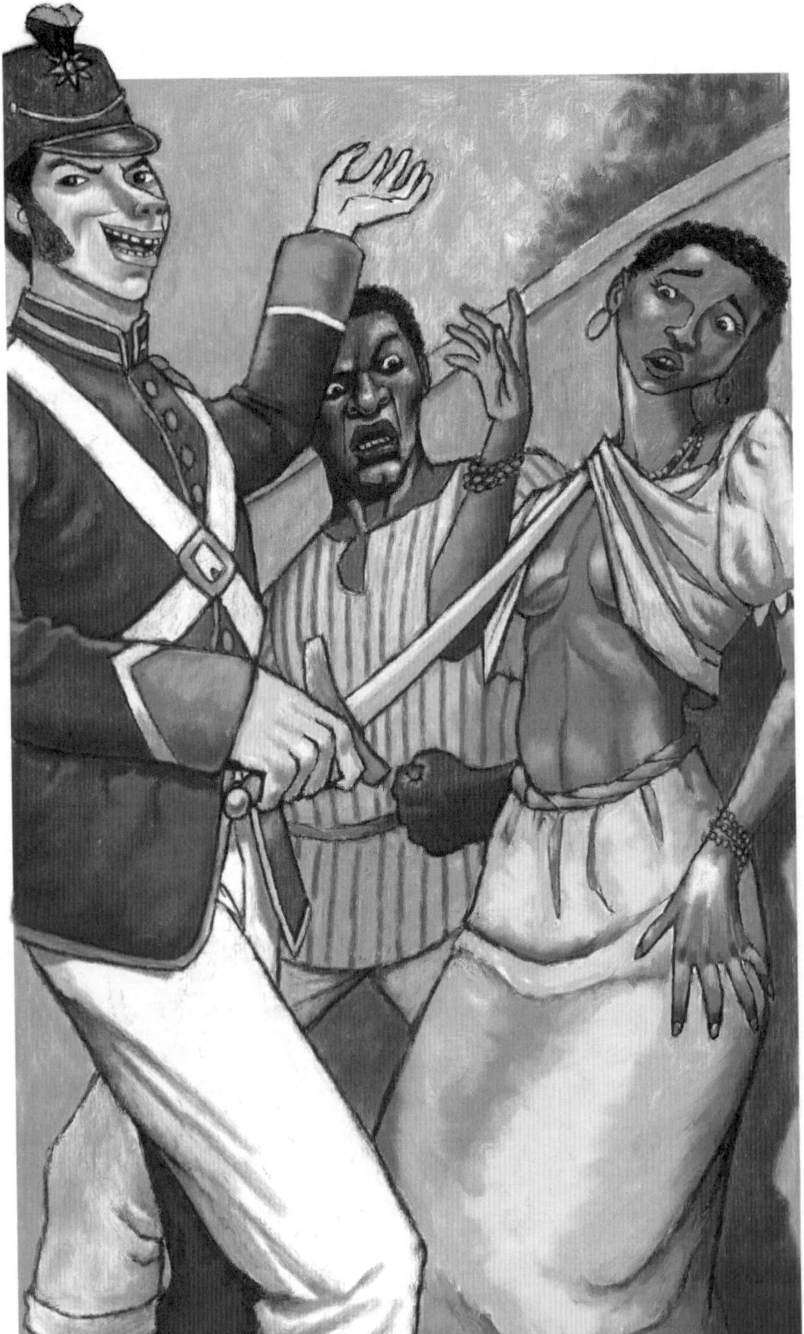

brancos. Os senhores já fizeram de tudo pra manter a nossa gente dividida, enfraquecida...

— E qual é sua sugestão? Rezar nas igrejas e no terreiro dos orixás e abaixar a cabeça?

— E você, não faz a sua reza? — Depois de fazer a pergunta, Mariana silenciou. Não tinha resposta para Fortunato, mas prometeu:

— Eu não sei, Fortunato. Espero um dia poder ter a resposta. Talvez eu nem esteja viva, nem você, quando a resposta estiver pronta. O que eu sei agora é que se a gente não ficar esperto, de olho bem aberto, vai continuar sempre por baixo. Quem sabe um dia, aqui mesmo neste largo, a vida responda ao desejo que tenho agora... Eu quero que o mundo mude, Fortunato...

— Chega! — Fortunato descontrolou-se e não deixou Mariana contar o que desejava. Uma voz pediu silêncio.

— Vamos sair daqui. O cheiro de incenso e vela me deixa enjoado. — Uma mulher começou a cantar. A voz era sofrida, mas o canto vibrava emocionado. Fortunato parou como se enfeitiçado pela oração cantada.

Mariana, que diminuíra o passo, encontrou o rapaz encostado na parede, soluçando que nem criança pequena. Protetora, passou o braço pelo ombro de Fortunato.

— Vamos!

Caminhavam nas proximidades do Forte de Santo Antônio na Barra, quando foram abordados por uma patrulha. Mariana cruzou os dedos numa figa. Torcia para que nada de ruim lhes acontecesse. Estavam voltando para a roça e, àquela altura, já deviam ter dado por sua falta. Arrogantes, os policiais encostaram os dois num muro. Um deles, com a bainha da espada, revistou Fortunato. Em seguida, levantou a bata de Mariana deixando seus seios à mostra. Os companheiros riram do gesto e das piadas que o soldado fazia. Fortunato nada podia fazer e sentia-se o pior dos homens. Uma charrete parou ao lado da patrulha e dela desceu um rapaz que se dirigiu a um dos soldados questionando a postura deles.

Surpresos pela ousadia do rapaz, cobraram-lhe a identificação. Diante da resposta, mudaram de atitude. Mariana, ao ouvir o nome, concluiu que estava ali o socorro de que precisavam. Arriscou-se a olhar e, quando viu que estava certa, gritou, ajoelhando-se:

— Sinhozinho, não deixem castigar seus escravos. Nós não estamos fugindo, não!

Richard tomou um susto ao ver Mariana aos seus pés. Percebendo que ela precisava de ajuda, assumiu o controle da situação.

— Não é possível! São escravos da minha casa. Senhores, se eles estão fugindo, serão castigados como merecem. Assumo a responsabilidade pela condução dos dois até a presença do meu pai. Ele tomará as devidas providências.

— O senhor não precisa de uma escolta?

— Não será necessária.

Diante da firmeza do rapaz, o chefe da patrulha deu ordens para que o casal fosse entregue aos cuidados de Richard, retirando-se com seus soldados. Mariana, aliviada, correu para beijar a mão do seu protetor. Fortunato controlou a raiva e virou-se encarando Richard.

— Este é Fortunato, sinhozinho!

— Vocês escaparam de apodrecer na prisão. Com as execuções que aconteceram, a força policial está em peso nas ruas. Por qualquer motivo estão detendo e fazendo prisões. O que fazem por aqui?

— Estávamos indo pra casa.

— Subam. Eu levo vocês.

Ante a oferta, relutaram. Acostumados a ser tratados com inferioridade, estavam sem jeito. Richard insistiu para que eles subissem. Ao se acomodarem, Fortunato pediu as rédeas, mas Richard tocou os cavalos.

Junto ao peji, acompanhada apenas por Marcolino e pelas filhas de santo mais velhas, Mãe Feliciana encerrou o ritual secreto, início das cerimônias do dia.

Lá fora, Maria Eugênia cumpria as determinações da ialorixá. A sala da casa estava preparada. Embora preocupada com o sumiço da filha, a mulher cumpria com suas tarefas sem tirar os olhos da estrada, ansiosa para que Mariana desse sinal de vida.

Um céu estrelado derramava-se sobre a cidade. Na roça, os lumes bruxuleavam nos casebres. O vento frio soprava do oceano, balançando o coqueiral.

Maria Eugênia, ajudada por outras mulheres, fazia tudo com discrição, já que o culto era perseguido. Mesmo longe da cidade, temia chamar a atenção. Seguindo as instruções da Mãe Feliciana, torcia para que o desaparecimento de Mariana e Fortunato não viesse atrapalhar a cerimônia em andamento. Precisavam de uma noite de sossego. Bastava a violência que acontecera durante o dia no centro da cidade. Enquanto pensava nos homens supliciados, ouviu os gritos das mulheres chamando as crianças para dentro das casas. Da janela, viu quando uma charrete apareceu na curva da jaqueira. O coração apertou.

No mesmo instante em que Mariana e Fortunato desciam da condução, Mãe Feliciana e as filhas de santo entraram na sala da casa e se postaram em círculo. Maria Eugênia não pôde ir ao encontro dos que chegavam. Integrando-se ao círculo em torno das vasilhas de azeite de dendê, farofa e aguardente, ajoelhou-se. As mulheres começavam as oferendas para Exu, pedindo licença ao orixá para a realização da festa. Os atabaques soaram, acompanhando o canto para o primeiro dos orixás, senhor dos caminhos. A filha mais velha dançou em volta da comida retirando um pouco de cada vasilha. Em seguida levou o que havia retirado para fora da casa.

Passando um tempo, os moradores foram se juntando próximo da casa, até que a porta foi aberta.

Mariana puxou Fortunato para dentro da sala. Ele não teve como recusar. Richard observava com atenção o que acontecia ao seu redor. Alguns homens entravam na casa e bebiam um pouco de água numa quartinha, jogando o restante para a frente, para a direita e para a esquerda. As mulheres se benziam.

Sem saber se entrava ou não, mas atraído pela movimentação no interior da casa, Richard manteve-se onde estava. Sua presença causava tanto espanto que se sentiu desconfortável. Era o único branco naquele local. Um estranho para a maioria daquela gente. Diante de certos olhares, ocorreu-lhe ser um estorvo. Resolvido a voltar para a cidade, o rapaz se dirigia para a charrete, quando foi abordado pelo velho Marcolino.

— O sinhozinho não quer entrar? A Mãe Feliciana faz questão de convidá-lo.

— Eu não vou atrapalhar?

— Vou lhe arranjar um canto na sala e o sinhozinho pode tomar parte da festa.

— Não me chame de sinhozinho, seu Marcolino. Tenho que fazer alguma coisa?

Marcolino olhou-o adivinhando os sentimentos de atração e temor que Richard não conseguia esconder. Ficaram calados, ouvindo mais um canto em louvor a um dos orixás.

— Não precisa fazer nada. Veja tudo com olhos do bem. Não pense em feitiçaria, nem em maldades... nem tenha medo.

Entraram quando cantavam para Xangô, o orixá de Mãe Feliciana.

A sala pequena estava cheia. Richard se deixou levar por Marcolino. Do lugar onde ficou, viu Feliciana sentada. Perto dela três homens tocavam os atabaques. Os que assistiam à cerimônia estavam em semicírculo. Homens de um lado, mulheres do outro.

No meio deles algumas mulheres dançavam numa roda. De repente uma delas tomou o centro. Seu corpo tremeu e ela girou de um lado para o outro procurando apoio. Uma mulher apressou-se a ajudá-la. Por fim, tomando uma postura voluntariosa e altiva, emitiu sons estranhos com a voz e continuou a dançar como se jogasse seu machado imaginário para o ar. Seu rosto chamava a atenção de Richard. Marcolino virou-se para ele:

— Xangô se apossou dela, sinhozinho! Orixá da justiça castiga mentirosos e ladrões com o raio, seu poder!

Do centro da roda vinha uma energia contagiando todos os presentes. Mãe Feliciana, do lugar onde estava, era uma guardiã no comando. Tudo o que ocorria na sala estava sob o seu controle. O rapaz não desgrudava dela, mas, quando o ritmo dos instrumentos e do canto se acelerou, concentrou-se na mulher que tinha recebido Xangô. Com gestos precisos, ela dançava como se jogasse raios sobre a terra.

Apesar do vento que entrava pela porta aberta para a noite, o calor era intenso. A poeira que subia do chão de terra batida deixava uma névoa no ambiente pouco iluminado. Richard transpirava. De vez em quando uma mulher se aproximava das que dançavam, enxugando-lhes o rosto.

Quando cantavam para Iemanjá, mãe cujos filhos são como peixes, Richard ouviu um grito no meio dos assistentes. De onde estava, pôde ver Mariana tendo convulsões. Uma mulher ao seu lado tentava segurá-la, mas sua força não continha os movimentos da garota. Libertando-se das mãos dela, Mariana foi cair no centro da sala, desmaiando diante de Iemanjá incorporada, que dançava cheia de ondulações, como se fossem ondas do mar. Feliciana fez um gesto e algumas mulheres retiraram a garota para fora da casa. Fortunato, confuso, saiu de fininho querendo saber o paradeiro da sua amada. Encontrou-a sendo acordada pelas mulheres.

Saindo do transe, Mariana perguntava sobre o que tinha ocorrido. As mulheres se olharam... Uma delas falou:

— Não se avexe, minha filha! Depois da festa sua avó vai conversar com você. Agora descanse um pouco e volte pra sala. — Olhando para Fortunato: — E você, meu filho, tenha paciência, de hoje em diante o gostar de vocês segue os caminhos da rainha das águas. A menina foi chamada...

Fortunato não entendeu o que ela queria dizer, mas intuiu. Dali para a frente, Mariana teria que se dedicar ao culto dos orixás, como aquelas mulheres que ele vira dançar. Ela seria certamente tomada por Iemanjá. Sentindo-se inseguro, afastou-se. Instintivamente levou a mão ao amuleto que trazia no pescoço pedindo a Alá que cuidasse deles. Queria ficar junto de Mariana e temia que a religião viesse a separá-los.

Mariana foi levada de volta para a sala, enquanto Fortunato cogitava sobre os acontecimentos...

"Não! Isso não pode acontecer! A gente se gosta e tem de encontrar um jeito de continuar junto. Será que em nome da fé a gente tem que viver desgarrado um do outro? Isto não tem sentido. A fé... ela não pode matar..."

Era a primeira vez que Fortunato se permitia pensar dessa forma. Lembrou-se do alufá Licutan. Ele olhou o céu e se sentiu abandonado em meio à imensidão da noite. O canto na voz de Feliciana da Conceição fez com que ele retornasse para casa.

Assim que Fortunato entrou, Richard fez um sinal para que ele ficasse ao seu lado. Marcolino, em voz baixa, explicava o que acontecia no centro da sala. Acompanhado cada um por uma mulher trazendo toalhas brancas, os orixás foram entrando.

Xangô surgiu com sua roupa vermelha e branca trazendo nas mãos o Ochê, machado duplo, e um raio. Em seguida surgiu Iemanjá vestida de azul e rosa abanando-se com seu Abebé, leque de metal prateado com desenhos de peixes e estrelas. Por fim entrou Oxalá todo de branco, apoiado no seu cajado, o Opaxorô. A iyá têbêxê, encarregada de puxar os cantos, deu início às cantigas de cada um dos orixás presentes.

O primeiro a ser homenageado foi Xangô, que saudou Mãe Feliciana com efusiva satisfação. Senhor da justiça, dos trovões e dos raios, o orixá dançou garboso e atrevido.

Ao ouvir seu canto e o toque nos atabaques, Iemanjá ondulou para o centro da sala. A calma da sua dança envolveu a todos. Iemanjá se aproximou de Mariana. Maria Eugênia olhou para Mãe Feliciana, mas não conseguiu perceber o que se passava na sua mente. Diante do orixá, Mariana curvou o corpo numa reverência. A confusão de Fortunato aumentou. Em conflito, participava do ritual sem se deixar envolver. Ao seu lado, o branco Richard, de olhos arregalados, deixava-se levar...

Os cantos para Oxalá foram iniciados e ele dançou cumprindo sua parte no ritual. Era o grande orixá, deus purificador, senhor da procriação. Os atabaques soaram mais fortes. Apoiado no seu cajado, Oxalá dirigiu-se para Fortunato e Richard, abençoando-os. Mãe Feliciana pensou no alufá Licutan. Os presentes foram tomados de profunda emoção.

A reunião chegou ao fim assim que Mãe Feliciana deu o sinal. Passava da meia-noite quando o silêncio baixou sobre o terreiro.

⁂

Confirmado o orixá de Mariana, Mãe Feliciana teve uma conversa com a neta. No primeiro momento a garota resistiu, mas diante das evidências passou a encarar a possibilidade de ser uma pretendente a iaô. Essa decisão, no entanto, aumentou-lhe a ansiedade. Eram tantas coisas para dar conta que temia não conseguir ir adiante: havia Fortunato pretendendo construir uma vida com ela, para isso arranjara outro trabalho; tinha de conseguir dinheiro para custear as despesas da iniciação; além disso, precisava de forças para suportar todo o processo iniciático.

Mariana sofreu para dar conta das suas dúvidas. Uma delas estava ligada ao sacrifício de animais. Procurou os mais velhos pedindo conselhos, mas, sozinha, voltava aos seus argumentos. Um dia, quando não aguentou mais, conversou com Richard. Ele não era a pessoa indicada para ter aquele tipo de conversa. Lembrava-se com espanto da resposta que ouvira:

— Mariana, eu não sei dizer se é certo ou errado, mas quase todas as religiões fizeram algum tipo de sacrifício. Não foi Abraão que, a pedido de Deus, quase imolou seu filho Isaac? E não foi este mesmo Deus que sacrificou seu filho na cruz?

Sentada na sala esperando para ser iniciada, Mariana repassava cada momento da sua vida. Recordava-se da primeira conversa que tivera com a avó, assim que soube da confirmação de que teria de passar pelo processo de iniciação. Naquele dia, depois da notícia, Feliciana puxou a neta contra seu peito, amparando-a. Temerosa, Mariana ouviu a avó:

— São tantas coisas, mas você tem um caráter firme e nós estamos aqui para ajudá-la. Sua mãe e eu vamos cuidar pra que você não desanime. Quanto a Fortunato, não se preocupe, ele saberá entender e fará a parte dele. O que mais me preocupa é o dinheiro necessário...

— Com a venda dos doces, vou juntando um pouco. A mãe está disposta a ajudar também.

— Tá vendo, as coisas não são tão complicadas assim! E se Fortunato quiser, pode contribuir também.

— Não, vó. O Fortunato ganha pouco no trapiche e já tem os gastos dele.

— Você tá certa, minha filha. Além disso, tenho planos pro futuro dele e ele vai precisar de dinheiro...

— Que planos são esses, minha avó?

— Uma viagem, uma longa viagem. — O olhar de Feliciana perdeu-se no horizonte. Apesar da curiosidade, Mariana respeitou o silêncio dela. Virando-se para a neta, ela continuou: — Na hora certa você vai saber e Fortunato também. Mas agora temos de cuidar dos preparativos para sua iniciação. Pedi a Marcolino pra ter uma conversa com Fortunato. Vocês vão ter que ficar separados por um bom tempo.

Mariana suspirou. Sabia o que a esperava...

As recordações não provocavam nenhuma confusão. Era como se tudo tivesse se passado há muito tempo. Estava tão certa do que fizera, que naquele momento nada poderia perturbá-la. Estava fortalecida. Tudo aquilo tivera uma força e um sentido. Embora adolescente, sentia que já não era a mesma, tais as responsabilidades que assumira a partir do dia em que fora purificada. Agora estava ali para dar continuidade a mais uma etapa de sua iniciação.

Mariana foi tirada das suas lembranças assim que Mãe Feliciana entrou na sala acompanhada pelas iaôs. O alabê, chefe da orquestra de atabaques, bateu o toque para Iemanjá.

Ao som dos tambores e depois de várias cantigas, Mariana sentiu um forte estremecimento pelo corpo. Oscilando, caiu sob a vontade do orixá. Era mais uma confirmação da entidade manifestada. Iemanjá estava nela. Para indicar a sua presença, Mãe Feliciana colocou no pescoço da neta um colar de contas de cristal e as oferendas foram feitas.

A partir daquele instante, Mariana passou a ser uma abian, uma noviça. Embora tenha sido criada no terreiro, de agora em diante teria responsabilidades com os rituais, com a confecção de roupas e adereços simbólicos e com a compra de animais para os sacrifícios. Além do mais, teria de esperar que o grupo de iniciadas estivesse pronto para serem encaminhadas para o recolhimento de onde sairiam como iaôs.

Mariana preparou-se para enfrentar esse período. Sabia que algumas das suas companheiras eram escravas, trabalhando de sol a sol, o que dificultava os preparativos para o recolhimento. O fato de ser liberta garantia a ela a possibilidade de realizar suas obrigações com mais tranquilidade. Isso, porém, não a tornava insensível aos tormentos das suas irmãs sob o cativeiro. Diante dos fatos, sua consciência se ampliava, ansiando liberdade para todos os negros. Nas conversas que tivera com Fortunato, não cansava de repetir seus desejos: o fim da escravidão e a paz entre os negros.

Decorrido o tempo do recolhimento e cumprido o ritual secreto na camarinha (quarto), chegou o grande dia da saída das iaôs do confinamento. A casa se preparou para a festa. A saída do quarto era esperada com regozijo pela comunidade. Fortunato, mais receptivo, não via a hora de ver Mariana vestida com os trajes de Iemanjá. Maria Eugênia orgulhava-se da filha. Feliciana da Conceição, sabedora da sua posição, tratou a neta sem nenhuma distinção.

O barco, grupo de iaôs, entrou na sala. Cada uma paramentada com a roupa do seu orixá. Ao som do adjá, sineta de metal, uma por uma, em estado de transe, caminhou pela sala acompanhada por um dos presentes. À medida que cada uma delas gritava o nome do seu orixá, eram saudados com palmas, cantos e toques de atabaques...

Fortunato não perdia um só momento do ritual. Richard, a seu lado, já se sentia familiar ao culto. Maria Eugênia, atarefada, cuidava para que a festa saísse a contento. Ao ser levada para o centro da sala, Mariana ouviu a voz do seu acompanhante:

— Vamos, diga em voz alta e clara qual o seu nome. Fale alto pra que todos na cidade e no mercado saibam quem é você!

Num grito, ela respondeu:
— Iemanjá!

⁂

Feliciana mandou chamar Maria Eugênia e Mariana. Era preciso comunicar os seus planos e dar andamento ao que pretendia. Mãe e filha esperavam na sala. Mariana insistia:

— A senhora sabe e não quer me contar.

— Ih, menina, você tá ficando chata com essa perguntação sem fim. Você sabe muito bem que a sua avó não diz o que pensa antes da hora. É só esperar um pouco e vamos ficar sabendo o que ela quer.

Mariana, inquieta, zanzou pra lá e pra cá. Por fim, parou diante da janela. O céu estava azul e sem nuvens que doía a vista. A brisa afagou-lhe o rosto suado.

— Fortunato está atrasado!

— É melhor não contar com ele. Sua avó pensa que é fácil largar o serviço no trapiche e vir pra casa, antes de o sol se pôr!

— Ela vai ficar aborrecida, mas não é culpa dele. Fortunato não pode sair por aí chamando a atenção sobre si. Largar o trabalho fora da hora pode gerar suspeitas.

— Ainda bem, minha filha. A revolta já vai longe, mas a polícia continua vigiando a gente! A gente sabe que Fortunato não é homem de se aquietar. Agora anda com umas ideias sobre a libertação dos escravos. O seu Richard tem colocado umas coisas na cabeça dele. E você sabe como essas ideias de liberdade são perigosas.

— A senhora tem lá suas razões. A gente sabe que a repressão ao levante dos malês dura até hoje e vai se prolongar por muito tempo. Os malês que sobreviveram ao massacre estão professando a sua fé em silêncio. Vivem escondidos, foi o que me contou Fortunato. Os mais jovens deixaram de lado o culto e a fé islâmica, minha mãe. Eles temem a violência e o desprezo dos negros católicos, que insistem em confundi-los com a gente que cultua os orixás.

Mariana fez silêncio. No rosto de Maria Eugênia estampou-se a preocupação com os destinos da filha. Mesmo assim ficou contente por saber que ela conseguia entender coisas que a maioria sentia na pele, mas não compreendia bem. Vendo as rugas na testa da mãe, Mariana se aproximou.

— Eu tenho meus medos, Mariana.

— Não se preocupe, mas é bom que a senhora fique sabendo que as autoridades tiram partido dessa situação. Eles são espertos, minha mãe! Continuam atiçando as diferenças religiosas para enfraquecer qualquer ideia que possa agregar a população negra.

— Fortunato anda enchendo tua cabeça mesmo.

— Oxente, dona Maria Eugênia! A proximidade de Fortunato com os rituais aqui da casa e a convivência com seu Marcolino têm mudado a cabeça dele. Já não é tão intolerante. Já não defende os princípios de uma única fé, ou pelo menos distingue fé única de religião única. E estou cada vez mais satisfeita com ele. Sempre que posso converso esses assuntos com ele. — Mariana fez uma pausa, mas logo retomou entusiasmada. — É bom que ele seja amigo do sinhozinho Richard, um rapaz esclarecido, que não tem medo de chegar perto de nós. Que respeita a gente...

Mariana se voltou assim que ouviu a voz de Feliciana. A senhora entrou na sala acompanhada pela iyá kêkêrê, sua substituta imediata e possível sucessora na condução dos trabalhos da casa. As quatro mulheres puxaram os bancos para perto da janela. Do terreiro vinham as vozes das crianças, a maioria filhas de escravos. Feliciana sorriu ao vê-las correr e brincar e virando-se para as outras falou:

— Espero viver muito pra ver esta molecada livre do cativeiro!

— Só com muito dinheiro, minha mãe! — respondeu Maria Eugênia.

— Deixe disso, minha filha. Lá dentro — bateu no peito —, eu tenho uma certeza enorme de que um dia seremos livres. Não sei quando isso vai acontecer, mas que vai, vai! Vamos deixar esta conversa pra outra hora. Reuni vocês aqui pra dizer que vou viajar e Mariana vai comigo.

Refeita da surpresa, Maria Eugênia indagou:

— Pra onde, minha mãe?

— Pra África, minha filha! Pra África!

O espanto se fez no rosto das mulheres. Perguntas de toda sorte passaram pela mente delas, mas Feliciana não deu tempo para que elas se manifestassem. Enquanto mexia no colar de contas, continuou:

— É um sonho acalentado desde muito tempo. Agora quero fazer acontecer! Fiz plano, juntei os mil réis necessários e, pelas contas do sinhozinho Richard, acho que tenho o necessário pra nós três. — Encarou Mariana. — Fortunato vai com a gente...

— E a senhora acha que ele vai querer ir, minha avó?

— Era bom que ele estivesse aqui pra dizer, mas é querer demais. Já troquei umas palavras com ele. Pedi segredo, Mariana. Foi somente uma sondagem. Estou dando uma oportunidade pra ele mudar de vida...

— Que resposta ele deu, minha avó?

— Que se fosse do seu gosto, Mariana, ele ia até o fim do mundo!

A neta não escondeu a satisfação. As duas mulheres ao seu lado não resistiram e brincaram com a garota.

— Pra quando é esta viagem, minha mãe?

A pergunta de Maria Eugênia pôs fim às risadas. Feliciana respondeu:

— Depende dos entendimentos que estou tendo na cidade, mas é pra logo. Portanto, é preciso dar andamento aos preparativos. Pedi ajuda pra algumas companheiras da Irmandade da Boa Morte... Por aqui, Francisca vai cuidar da casa. E você, Maria Eugênia, vai ser o braço direito dela.

Francisca abaixou a cabeça numa reverência à Feliciana. Sabia das responsabilidades que iriam cair sobre os seus ombros. Mas tinha certeza de poder cumprir com o seu papel e não fazer feio diante da pequena comunidade. Maria Eugênia temeu pelos destinos da roça, mas sabia que junto com Francisca podia dar conta do trabalho. Seu medo maior era a repressão das autoridades e de como ela reagiria diante de mais uma batida à cata de núcleos de revolta. Maria Eugênia sabia que não tinha a maturidade e a serenidade da mãe. Sem conseguir abafar seus temores, deixou que eles escapassem. Feliciana se encarregou de tranquilizá-la:

— Maria Eugênia, a Francisca vai estar à frente de tudo e saberá conter os seus rompantes e seus medos. De mais a mais, você não é tão destrambelhada assim. Eu conheço você, minha filha, e sei o que estou fazendo. Quero que vocês tomem conta da casa. Isto aqui não pode desaparecer. Zelem pelo axé e pelos assentamentos.

Com essas palavras Feliciana deu por encerrada a conversa. Depois que Maria Eugênia e Francisca saíram, Mariana deitou a cabeça no colo da avó.

— Vai ser uma viagem muito longa, não é, vó? A senhora vai cruzar de novo as mesmas águas. Só que agora vai de outro jeito. Vai como gente, não é? — Feliciana não respondeu. — Não vejo a hora de embarcar! Quero ver de perto a terra que um dia mandou tanta gente pra cá. Quero ver a cidade de Oyó, onde Xangô tem seu culto primeiro. Parece até sonho, não, minha vó? Sonho! Mas não é, não. É vida bem clara como as águas da minha mãe! Odô ia! E ela vai levar a gente sobre as ondas até as terras de Egbá, onde é senhora e rainha. Quantas aldeias, quantos rios, quantos lugares pra se ver! É lá que está a força da gente, o princípio de tudo, o axé! Vamos em busca dos antepassados. A senhora, que recebeu os segredos, vai poder ver a origem de tudo, minha avó. E lá, quando a senhora pisar na terra, vai se sentir outra. Deixará de ser uma desterrada. Não vai fazer seus cultos escondidos como se fosse uma malfeitora. A senhora vai voltar forte como ouro, vovó! Vai rever sua terra...

Mariana virou o rosto e viu grossas lágrimas correndo pelo rosto negro.

— Quando voltar! Quem sabe se eu volto, Mariana?

— Deixe disso, minha avó! Vamos voltar, sim. A senhora, Fortunato, eu e quem sabe um filho nascido lá. A senhora tem muita coisa pra fazer por aqui. Tem que preparar muito assento de orixá nesta terra... — Mariana parou um instante para observar: um cágado atravessava lentamente a sala na direção do quintal.

— E você, Mariana, o que acha que vai encontrar na África?

— Mais inquietação. Quero entender umas coisas...

— Entender o quê, menina?

— Deixe de me chamar de menina, vó! Por que fomos feitos escravos?

— Mas você não precisa ir muito longe pra entender isso, não!

— Por aqui eu aprendi muito, minha avó. Mas eu quero saber como as coisas aconteceram por lá. Quem sabe eu possa descobrir os motivos de tanta submissão!

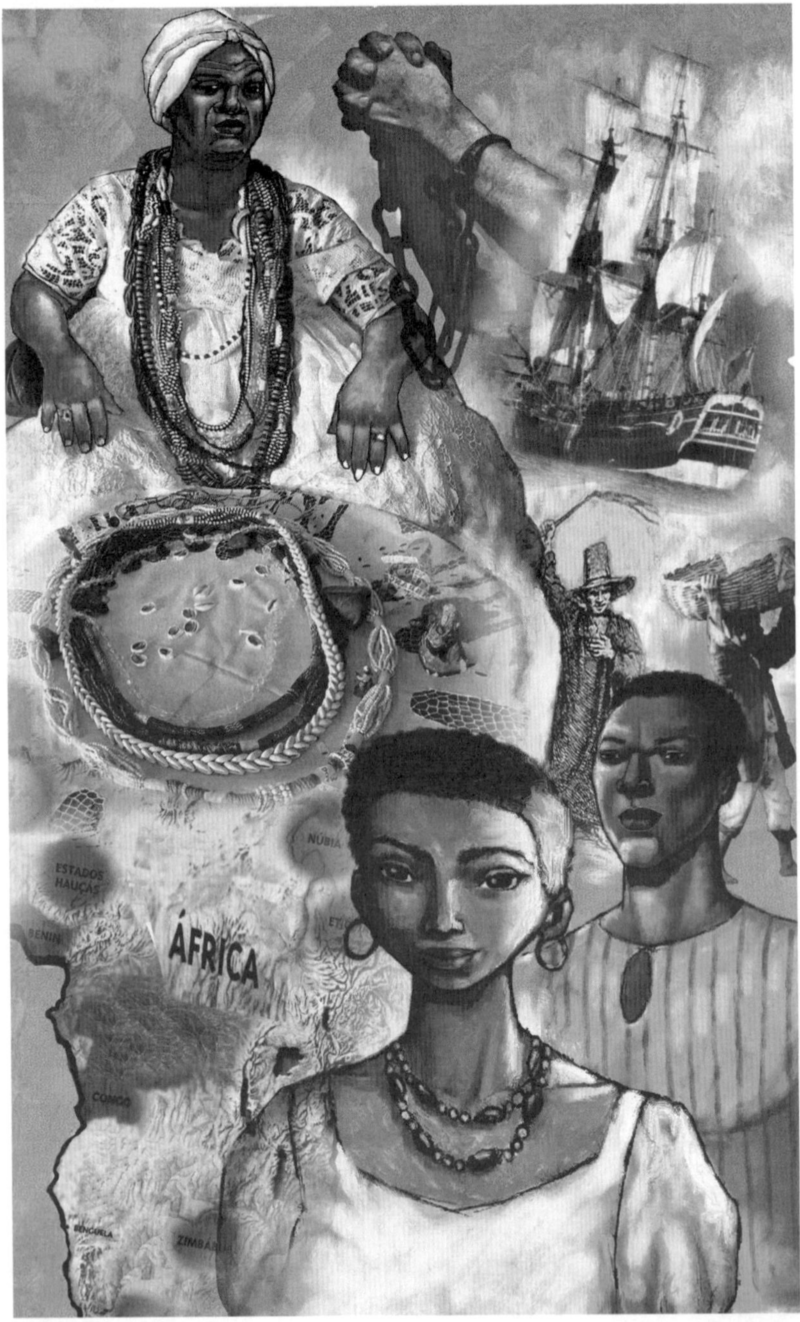
NÚBIA
ESTADOS HAUÇÁS
BENIN
ÁFRICA
CONGO
BENGUELA

— Você tá querendo ir longe demais. O que a nossa gente fez foi procurar sobreviver.

— Eu quero mais que a sobrevivência, minha avó! Muito mais. Aconteceu tanta coisa nos últimos tempos. Sinto-me outra. É certo que não consegui chegar onde cheguei sem a sua ajuda. Taí o Fortunato... A senhora, compreensiva e generosa, abriu os olhos dele e os meus também! Vovó, quem sabe um dia essa compreensão e generosidade se espalhem e tornem esta terra mais justa.

— Você sonha muito, Mariana... Mas quem sabe você não está certa! Talvez consiga encontrar um modo de viver...

— Não é bom querer uma vida melhor pra todos? Seria tão bom se todos pudessem cuidar da sua vida respeitando a vida do outro. Somos tão diferentes, dona Feliciana! Brancos, negros de vários feitios, crioulos, mulatos. E essa gente de cor vermelha que se esconde no mato! Gente que não deu o braço a torcer...

— É, minha filha, mas quem sabe do futuro deles? E do nosso?

— Sabe, vó, tudo está integrado na natureza. Não foi assim que a senhora ensinou?

— Foi. Mas lhe digo outra coisa: somos nós mesmos que desencadeamos a discórdia. Então o encadeado se rompe e aí vem a guerra. Não podemos aceitar a guerra.

Um galo cantou nos fundos da casa. Uma pomba pousou no peitoril da janela, por onde entrava a noite.

— Vamos cuidar da vida, menina! — Feliciana se afastou.

Estava na hora de Fortunato voltar do trapiche. Mariana deixou a sala e foi esperá-lo na estrada.

Do mirante onde estava viu o sol se pondo dentro d'água. Mariana desejou o cais e a imensidão azul. A vontade de cruzar o Atlântico em busca das suas raízes se firmava mais e mais. Seu pensamento voltou-se para o passado recente. Estava contente com Fortunato. O rapaz, sem deixar suas crenças de lado, passara a compreender melhor a crença dos outros. E com outros jovens de sua idade se juntava para lutar a favor da libertação dos escravos. Apesar da repressão, não deixavam de se encontrar. Richard procurava ajudá-los. Com ele vieram outros jovens. Uma rede se formava em torno dos ideais de liberdade. Mariana tinha esperanças de que um dia estariam todos livres. O canto das crianças embalou a certeza de Mariana.

"Estarei viva quando isto acontecer. Farei tudo pra que este sonho se torne real e minha gente possa caminhar olhando o horizonte e não o chão. Quando a cabaça se abrir, os pássaros voarão livres!" Mariana sorriu.Tinha ouvido essa frase em ioruba, língua dos seus ancestrais.

— Livres! — ela gritou. O vento se encarregou de espalhar seu desejo. Uma mulher que passava gritou para ela:

— Sonhando acordada, Mariana?

— Eu preciso acreditar nos sonhos, Cantuliana!

Já era noite e a garota continuava na expectativa de Fortunato chegar. Tinha muitas coisas para conversar com ele. Olhando as estrelas, ela disse:

— Há de ter sempre uma luz pra guiar os nossos caminhos. Uma luz pra clarear os pensamentos e fazer com que a gente encontre respostas.

Pensando nisso, Mariana se deu conta das transformações por que passara. Seu entendimento das coisas era outro. Cada dia procurava vencer os preconceitos e olhar o mundo de uma outra maneira. "Já não sou aquela menina boba!" Então, Mariana recordou o que vivera durante aquele tempo. As resistências que enfrentara para ter Fortunato perto da sua família, da sua comunidade. A luta consigo mesma para aceitar a religiosidade como afirmação da sua raça. Por fim, a consciência de que somente unidos, mas respeitando as diferenças, os negros poderiam lutar contra o cativeiro. Tanto ela quanto Fortunato tinham chegado àquela conclusão por caminhos sofridos, mas sobretudo afirmativos do futuro a ser construído. "Precisamos evitar as lamúrias e rejeitar essa marca imposta por quem se acha superior!"

De repente, veio-lhe outro pensamento e ela percebeu que podia ir mais longe: "Eu preciso aprender as letras".

A lua começava a despontar clareando as sombras da noite. "Eu quero aprender e ajudar os meus irmãos. Um dia a liberdade vai chegar e voar sobre toda a gente! Eu quero estar prontinha pra..." Um vulto apontou na estrada. Era Fortunato. Ainda sob o impacto da ideia que tivera, ela correu de braços abertos ao encontro dele. Era a imagem da liberdade que ela tanto queria. Precisava dividir com Fortunato as suas inquietações e as suas certezas...

Nasci na Bahia. Criado como cristão, tive oportunidade de conviver com pessoas de todos os credos. Todas elas pregam a compreensão e o amor ao próximo. Entretanto, é visível a crescente onda de intolerância de todos os tipos, principalmente a religiosa. Um absurdo. Se todos os credos pregam a compreensão, por que tanta intolerância? No Brasil, a tolerância religiosa é lei.

Podemos observar, no mundo todo, o contrassenso das guerras religiosas. São mentiras, não são religiosas. São movidas por interesses políticos, frutos da ambição desmedida dos homens deste mundo de Deus.

Da costa do ouro é um apelo para a prática da tolerância. Quanto mais o homem é incapaz de aceitar as diferenças do outro, tanto mais ignorante ele é. Neste livro, o tema principal é a tolerância religiosa, mas ele aborda outras questões, como liberdade e igualdade, direitos inquestionáveis para a existência de uma sociedade mais justa.

Comecei a escrever este livro em São Paulo, finalizando-o em Salvador. Este fato pode parecer casual, mas é importante para a estrutura narrativa do livro. Andar pelas ruas onde, no passado, os personagens viveram, ver de perto a religiosidade baiana e, sobretudo, as manifestações culturais afro-brasileiras tornou o trabalho mais prazeroso.

A pesquisa sobre o movimento dos negros malês, fato de grande importância para a nossa História, trouxe-me dados que agora divido com você. Espero que os fatos do passado sirvam de estímulo para uma reflexão, não somente sobre a condição dos descendentes africanos, mas também a respeito do crescente processo de exclusão por que passa uma parcela significativa da nossa população.

Desejo que você se emocione com Mariana e Fortunato e encontre neles uma maneira de fazer com que suas ideias, crenças e valores sejam vivenciados através do diálogo, caminho para evidenciarmos a nossa singularidade e pluralidade, construindo novos valores e significados.

Sobre o ilustrador

Rogério Soud ganhou o XIX Prêmio Abril de Jornalismo em 1993 de melhor desenho na categoria quadrinho. Em 1998, recebeu a Menção Altamente Recomendável da Fundação Nacional do Livro Infantil e Juvenil.

COLEÇÃO JABUTI

- 4 Ases & 1 Curinga
- Adeus, escola ▼◆▥☒
- Adivinhador, O
- Amazônia
- Anjos do mar
- Aprendendo a viver ◆⌘■
- Aqui dentro há um longe imenso
- Artista na ponte num dia de chuva e neblina, O ✱★⌗
- Aventura na França
- Awankana ✎☆⌗
- Baleias não dizem adeus ✱▥⌗○
- Bilhetinhos ✪
- Blog da Marina, O ⌗✎
- Boa de garfo e outros contos ◆✎⌘⌗
- Bonequeiro de sucata, O
- Borboletas na chuva
- Botão grená, O ▼✎
- Braçoabraço ▼℞
- Caderno de segredos ❏◎✎▥⌗○
- Carrego no peito
- Carta do pirata francês, A ✎
- Casa de Hans Kunst, A
- Cavaleiro das palavras, O ★
- Cérbero, o navio do inferno ▥☑⌗
- Charadas para qualquer Sherlock
- Chico, Edu e o nono ano
- Clube dos Leitores de Histórias Tristes ✎
- Com o coração do outro lado do mundo ■
- Conquista da vida, A
- Contos caipiras
- Da costa do ouro ▲⌗○
- Da matéria dos sonhos ▥☑⌗
- De Paris, com amor ❏◎★▥⌘☒⌗
- De sonhar também se vive...
- Debaixo da ingazeira da praça
- Delicadezas do espanto ✪
- Desafio nas missões
- Desafios do rebelde, Os
- Desprezados F. C.
- Deusa da minha rua, A ▥⌗○
- Devezenquandário de Leila Rosa Canguçu ↪
- Dúvidas, segredos e descobertas
- É tudo mentira
- Enigma dos chimpanzés, O
- Enquanto meu amor não vem ●✎⌗
- Escandaloso teatro das virtudes, O ↪☺
- Espelho maldito ▼✎⌘
- Estava nascendo o dia em que conheceriam o mar
- Estranho doutor Pimenta, O
- Face oculta, A
- Fantasmas ⌗
- Fantasmas da rua do Canto, Os ✎
- Firme como boia ▼⌗○
- Florestania ✎
- Furo de reportagem ❏✪◎▥℞⌗
- Futuro feito à mão
- Goleiro Leleta, O ▲
- Guerra das sabidas contra os atletas vagais, A ✎
- Hipergame ⌇▥⌗
- História de Lalo, A ⌘
- Histórias do mundo que se foi ▲✎✪
- Homem que não teimava, O ◎❏✪℞○
- Ilhados
- Ingênuo? Nem tanto...
- Jeitão da turma, O ✎○
- Lelé da Cuca, detetive especial ☑✪
- Leo na corda bamba
- Lia e o sétimo ano ✎■
- Liberdade virtual
- Lobo, lobão, lobisomem
- Luana Carranca
- Machado e Juca †▼●☞☑⌗
- Mágica para cegos
- Mariana e o lobo Mall ▥⌗
- Márika e o oitavo ano ■
- Marília, mar e ilha ▥☜✎
- Mataram nosso zagueiro
- Matéria de delicadeza ✎☞⌗
- Melhores dias virão
- Memórias mal-assombradas de um fantasma canhoto
- Menino e o mar, O ✎
- Miguel e o sexto ano ✎
- Minha querida filhinha
- Miopia e outros contos insólitos
- Mistério de Ícaro, O ✪℞
- Mistério mora ao lado, O ▼✪
- Mochila, A
- Motorista que contava assustadoras histórias de amor, O ▼● ▥
- Muito além da imaginação
- Na mesma sintonia ⌗■
- Na trilha do mamute ■✎☞⌗
- Não se esqueçam da rosa ♠⌗
- Nos passos da dança
- Oh, Coração!
- Passado nas mãos de Sandra, O ▼◎⌗○
- Perseguição
- Porta a porta ■▥❏◎✎⌘⌗
- Porta do meu coração, A ◆℞
- Primavera pop! ✪▥℞
- Primeiro amor
- Que tal passar um ano num país estrangeiro?
- Quero ser belo ☑
- Redes solidárias ◎▲❏✎℞⌗
- Reportagem mortal
- Riso da morte, O
- romeu@julieta.com.br ❏▥⌘⌗
- Rua 46 †❏◎⌘⌗
- Sabor de vitória ▥⌗○
- Saci à solta
- Sardenta ☞▥☑⌗
- Savanas
- Segredo de Estado ■☞
- Sendo o que se é
- Sete casos do detetive Xulé ■
- Só entre nós – Abelardo e Heloísa ▥■
- Só não venha de calça branca
- Sofia e outros contos ☺
- Sol é testemunha, O
- Sorveteria, A
- Surpresas da vida
- Táli ☺
- Tanto faz
- Tenemit, a flor de lótus
- Tigre na caverna, O
- Triângulo de fogo
- Última flor de abril, A
- Um anarquista no sótão
- Um balão caindo perto de nós
- Um dia de matar! ●
- Um e-mail em vermelho
- Um sopro de esperança
- Um trem para outro (?) mundo ✖
- Uma janela para o crime
- Uma trama perfeita
- Vampíria
- Vera Lúcia, verdade e luz ❏◆◎⌗
- Vida no escuro, A
- Viva a poesia viva ●❏◎✎▥⌗○
- Viver melhor ❏◎⌗
- Vô, cadê você?
- Yakima, o menino-onça ♦⌇○
- Zero a zero

- ★ Prêmio Altamente Recomendável da FNLIJ
- ☆ Prêmio Jabuti
- ✱ Prêmio "João-de-Barro" (MG)
- ▲ Prêmio Adolfo Aizen - UBE
- ☜ Premiado na Bienal Nestlé de Literatura Brasileira
- ☞ Premiado na França e na Espanha
- ☺ Finalista do Prêmio Jabuti
- ♦ Recomendado pela FNLIJ
- ✖ Fundo Municipal de Educação - Petrópolis/RJ
- ✪ Fundação Luís Eduardo Magalhães
- ● CONAE-SP
- ⌗ Salão Capixaba-ES
- ▼ Secretaria Municipal de Educação (RJ)
- ■ Departamento de Bibliotecas Infantojuvenis da Secretaria Municipal da Cultura/SP
- ◆ Programa Uma Biblioteca em cada Município
- ❏ Programa Cantinho de Leitura (GO)
- ♠ Secretaria de Educação de MG/EJA - Ensino Fundamental
- ☞ Acervo Básico da FNLIJ
- ↪ Selecionado pela FNLIJ para a Feira de Bolonha
- ✎ Programa Nacional do Livro Didático
- ▥ Programa Bibliotecas Escolares (MG)
- ⌇ Programa Nacional de Salas de Leitura
- ▦ Programa Cantinho de Leitura (MG)
- ◎ Programa de Bibliotecas das Escolas Estaduais (GO)
- † Programa Biblioteca do Ensino Médio (PR)
- ⌘ Secretaria Municipal de Educação/SP
- ☒ Programa "Fome de Saber", da Faap (SP)
- ℞ Secretaria de Educação e Cultura da Bahia
- ○ Secretaria de Educação e Cultura de Vitória